月のころはさらなり

井口ひろみ

新潮社

月のころはさらなり

第一章

蟬時雨《せみしぐれ》の中で、悟《さとる》は目を覚ました。

天井がぼんやりとかすんで見える。悟は何度か目を瞬き、しばらくして布団のまわりを深緑の布が覆っていることに気づいた。布の網目を通して、六畳ほどの座敷が透けて見える。蚊帳《かや》という言葉は知っていたが、実物を見たのも、その中で寝たのも、悟は昨夜が初めてだった。

……ばあちゃんち、じゃなくて。

母方の祖母の家は、御千木と書いておちのきと読む、山間の小さな集落にある。こんな風に障子と板戸があり、縁側があって、畳敷きの座敷だったが、四年前、悟が中学生になる年に改築した。……ええと、御千木のばあちゃんちに行ったのは、昨日だった。悟は思い出した。御千木の、夏のお祭りで……、それから帰る途中で、この家に連れてこられたんだ。……いや違う、そうじゃない。

連れてこられたんじゃない、ついてきたんだ。

熊蟬の鳴き声が耳に響く。起きぬけの頭はうまく動かず、状況を整理するのに、時間がかかった。ここに着いた時、日はまだ明るかった。深い森に阻まれた、砂利道の突き当たりに車を停めて。木々の根が絡みあった道を歩いて。稜線を背に、苔生《こけむ》した石段と槙の垣根の向こうに、この家は建っていた。

蚊帳越しに、悟は閉め切られた板戸を見つめた。母は、その向こうで、横になっているはずだった。いったい今は、何時なんだろう。携帯電話は枕元にあるが、電源を切ってしまっていた。

寝返りを打つと、蕎麦《そば》殻《がら》の枕が目の前にあった。縁側に面した障子の一部は開け放たれ、槙に囲われた庭が透けて見える。布団は変に体が沈み、タオルケットは、まだ樟脳《しょうのう》の匂いがした。昨夜、寝つくのに時間がかかったせいか、体が重く、起き上がる気になれない。

この家を、母さんはなんて呼んでいたっけ？

……いおりだ。あのおばあちゃんを、庵《いおり》のおんば様と呼んでいた。それから、あと他に、ここにいるのはなんだっけ、……預かり子？

すまんなあ、悟ちゃ。鈴鳴らしだの、預かり子だの、聞いとっても、なんのことだかわからんな。

おんば様の声が、耳によみがえった。祖母と同じ方言なので、独特の云いまわしも大体は通じた。けれど、母との会話は初めて聞く言葉が多すぎて、悟は結局、最後まで、二人が何の話をしているのか、判らなかった。

とろとろとまどろみながら、悟は昨日の出来事を思い出そうとした。灰色に近い木肌の縁側、椀と小鉢が並んだ箱膳、懐中電灯の光に照らされていた風呂釜の湯、——目にした光景の一つ一つが、浮かんでは消えていく。

ただひとつ確かなのは、なぜ母がここに来たのか、ここはどういう場所なのか、そんな当たり前の疑問さえ、悟が母に聞けずにいることだった。

寺社を思わせる屋根付きの門は、今にも崩れそうな石段の上にあった。御千木のほとんどの家がそうであるように、家のぐるりは槙で囲われている。母屋の右手には、納屋と蔵が建っており、かすかに堆肥の匂いがした。

「母さん、なんで中に入んないの?」

返事はなかった。門の手前で足を止めたまま、母は母屋をにらんでいる。それ以上、何か云うのはあきらめて、悟は背後をふりかえった。

深緑の稜線が幾重にも重なり、遠く夏雲が浮かぶ空まで続いている。悟たちが歩いてきた山道は頼りない細さで森にのみこまれ、車を停めた砂利道がどのあたりなのか、見当もつかない。目の届く全ては森と藪《やぶ》が広がり、民家はどこにも見えなかった。

帰り、運転できるのかな。

眼下を眺めながら、悟は不安になった。車が停まった時、悟は母が道を間違えたのだと思った。車一台の幅しかない砂利道は、Uターンもできない山中で、ふっつりと途切れていたのだから。母が先に立って歩いていかなければ、森の奥へと続いていた山道を、悟はそもそも道だとは思わなかったに違いない。

熊蟬の鳴き声に、ときおり蜩《ひぐらし》の音色が重なる。夕暮れにはまだ早いが、日ざしは弱まり始めていた。帰ろうと、母に云おうとした時に、背後で老婆の声がした。

「おんや、誰かと思ったら、園子《そのこ》さだかね」

悟は驚いて、門の奥に目をやった。母屋と納屋の間から、腰の曲がった小さな人影が近づいてくる。悟の傍らで、母は深々と頭を下げた。

「ご無沙汰しとります。庵のおんば様」

昔、畑に出ていたころのばあちゃんみたいだな。悟は思った。手ぬぐいを頰被りし、下はモンペ、足元はどうやら地下足袋らしい。柔和な顔立ちは日に焼け、深い皺《しわ》が刻まれている。絵に描いたような、このあたりで云うところのおばあさだ。母はまだ、頭を下げている。悟は戸惑ったが、軽く会釈した。二人を見上げ、老婆は眼を細めた。

「そんな堅苦しい真似せんでいいに、園子さ。こっちは悟ちゃかね」

名前を云い当てられて、悟は驚いた。そうです、母がうなずいた。

「すみません。本当は、一人で伺うつもりだったんですが」

「気にせんでいいに。畑から戻ってきたとこだで、なんの支度もしとらんけど、あがってゆっくりしときない」

母は再度、頭を下げた。

「ありがとうございます。――あの、悟は、縁側で待たせてもらえますか」

かまわんよ、おんば様は云い、悟を見上げた。

「大きくなっただなあ。今、いくつだね」

十七です、母が代わりに答えた。

「そうか、もうそんなになるだか。おどけるなあ」

おどけるというのは、ふざけることではなくて、驚くことだ。祖母がよく使うので、意味は通じた。

「じゃ、悟ちゃ、ちょっくら縁側に腰かけて、待っててくれんかね。わしは園子さと、話があるで」

おんば様はそう云って、玄関の奥に消えた。母はその後についていく。悟は云われた通り、縁側に腰をおろした。

しばらくして、おんば様が、飲み物を満たした分厚いガラスコップとうちわを盆にのせて、運んできてくれた。

「のど渇いたら。山ん中だで、梅酢くらいしか甘いもんはないだけど、のんびりしとってな」

梅の実を砂糖漬けにして作る梅ジュースのことを、御千木ではなぜか昔から梅酢と呼んでいる。子供のころ、母方の在所では、薄めたこれが夏の飲み物の定番だった。見た目は梅酒とよく似ているので、時々間違えて酒の方を飲んでしまい、従兄たちと顔を真っ赤にしていたのを思い出す。山歩きで疲れた喉にはありがたく、悟は一気に飲み干した。

蟬の音が庭に満ち、母屋の会話はおろか、人がいる気配さえ、縁側からは感じ取れない。思ったよりも梅ジュースは濃かったらしく、しばらくするとかえって喉が渇いてきたが、座敷に声をかけるのはためらわれた。ふと、庭の片隅に東屋のような屋根があり、ステンレス製の流しがあるのが目に映った。コップを片手に、悟は立ち上がった。

近づいてみると、流しの横にあるのは、蓋をした井戸のようだった。梁《はり》に渡した滑車には釣瓶《つるべ》がなかったが、蓋の端からのびた二本の管の一本が、そのまま流しにつながっている。もう一本は、母屋に通じているようだった。試しにカランを回すと、モーターの音がして、勢いよく水がほとばしった。コップに汲んで、日に透かす。分厚いガラス越しに、梅ジュースの残滓《ざんし》が泳いでいたが、にごってはいないようだった。梅の香りが残る水は、ひんやりとして美味しかった。

納屋の陰から、母屋に向かって、誰かが走っていった。

コップに口をつけたまま、悟は目の端でそれをとらえた。おんば様ではないようだった。他にも人がいるのかな、悟は思い、おとなしく縁側に戻ることにした。

「悟」

ようやく母が姿を現したとき、縁側には西日が射し始めていた。

「終わった？」

悟は立ちあがった。座敷に立ったまま、母はうなずいた。

「じゃ、早く帰ろ。暗くなったら、絶対、運転やばいから」

「……おんば様にお話して、今晩は、ここに泊めていただくことにしたから」

抑揚のない口調で、母はそう云った。え？　悟は聞き返したが、母はきびすを返して、座敷の奥へ戻ってしまった。


その晩、悟は、母とおんば様の三人で、生まれて初めて、箱膳で夕餉《ゆうげ》をとった。色のあせた椀や皿に並んだのは、茄子の煮びたしに漬物、みそ付きの葉生姜《はしょうが》、蒟蒻《こんにゃく》の和えもの、ご飯にみそ汁と、低カロリーなことは確かだった。

「急に、こんなとこに連れてこられて、悟ちゃもびっくりしたら。旧道から歩いてきたじゃ、遠いでなあ」

おんば様は、そう云って笑った。あいまいにうなずきつつ、悟は慣れない正座で、しびれをこらえるのに必死だった。

外から感じた以上に、大きな家だった。玄関を入ってすぐに広々とした土間があり、十二畳はある居間には、本物の囲炉裏があった。火の気はなかったが、冬場は今でも使っているらしい。柱も天井も、燻《いぶ》されて黒々としていた。天井は低く、突き出た梁に、悟は何度か頭をぶつけそうになった。

「預かり子は？　前に、一人、ここにずっといる子がいるって、聞いたんだけど」

母が云った。うちはなれにおるよ、おんば様は答えた。

「人見知りする子だで、知らん人間がいると怖がって、出てこようとせんだよ。だもんで、今はあっちで、夕餉をすましとる」

すみません、母は頭を下げた。おんば様は、からからと笑った。

「なに云っとるだか、気にせんでええよ。ここは、誰でも、好きな時に、来てええとこだに」

おんば様の声とは裏腹に、母の表情は暗かった。ややあって、母は云った。

「今だって、鈴鳴らしはいるんでしょ？　あの後、庵の預かり子になったのは、その子だけですか」

おんば様は、困惑したような笑みを浮かべた。

「なあ、園子さ。さっきも云ったが、そんな気取った風なしゃべり方されたら、わしはどう話したらええか、わからんに」

それから、湯呑みの茶をすすって、

「なんせ、昔と違って、御千木には子供じたいがおらんでねえ。それに鈴鳴らしがあっても、昔みたいに、口にせんくなっただね。今でも時々、おつとめの時に、鈴鳴らししらしい子を見るだけど、親はだいたい気づいとらんか、気づいとっても知らんふりしとるな」

「私が子供の頃だって、親は知らんふりしとったよ」

おんば様と同じイントネーションで、母は云った。ただ悟が聞いていても、ちょっと不自然だった。

「うちの親が私を預かり子に出したのは、にいさの勉強の邪魔になるからだで、それがなかったら、ほっといたら。庵に行くって云いだしたのは、私だったし」

「そう決めつけんでもいいら」

のんびりとおんば様は云った。

「あのころのほうが、今よりもこだまも強かっただよ。御千木にも、ぎょうさん人がおったしな」

それから、悟を見て苦笑した。

「すまんなあ、悟ちゃ。鈴鳴らしだの、預かり子だの、聞いとっても、なんのことだかわからんな」

そう云っても、おんば様も母も、悟に説明する気はないようだった。

夕餉の後、別々の座敷で床を用意してもらい、風呂場に案内してもらったが、悟には何もかもが驚かされることばかりだった。どうやらこの家には、家電用品の類はほとんど何も置いていないらしい。電話もテレビもラジオもない代わりに、昔の住宅様式が、ほぼそっくり残されていた。土間にはカセットコンロが置いてあったが、その横の竈《かまど》は現役だったし、流しは何度も修繕した跡が見えるタイル張りだった。何よりたまげたのは風呂で、母屋の外にある上に、薪で焚く、いわゆる五右衛門風呂だったのだ。

「板が浮いとるら？　それをふんづけて回すと、底の方にあるとっかかりに、うまくはまるで。上のほうは熱くないだから、心配することないでね」

風呂場の外で、おんば様はそう云ってくれたが、悟はこんなにも心細い思いで、風呂に入ったのは初めてだった。掘立小屋のような薄い木の壁に、玄関マットぐらいの広さしかない脱衣所、洗い場はブロックの上にすのこを並べただけ、明かりといえば持ってきた懐中電灯を柱にくくりつけただけなのだ。当然、石鹸くらいしか置いてないだろうと覚悟していたが、なぜか洗い場のすみに、市販のシャンプーとリンスのボトルが並んでいたのが、場違いだった。

行きはおんば様がつきそってくれたが、帰りは一人で母屋まで帰らなくてはならない。懐中電灯で足元を照らしながら、必死の思いで帰ってきた悟に、居間にいたおんば様は、のんきな声で云った。

「今日は月が出とるで、よかったなあ。真っ暗だと、怖いでな」

もはや、感覚が違うとしか思えない。

風呂から出た時に、母が渡してくれたパジャマ代わりのＴシャツとジャージ、替えの下着に着替えたが、なぜ母がそれを用意していたのか、謎だった。実家に泊まるつもりだったで、着替えは持ってきたに。母は、おんば様にそう云ったが、祖母や伯父には、一言もそんなことを口にしなかった。

「悟、脱いだものをちょうだい。風呂場で一緒に洗うから」

母に云われ、悟はしばらく無言だった。帰って洗うから、別にいいよ。明日は、帰るんだろ。そう云おうとしたが、気まずくなりそうで、Tシャツと靴下だけを黙って渡した。パンツは？　洗い物を確かめながら、母は云った。

「……自分で洗うって」

「だったら全部、自分で洗えばいいのに」

そう云った癖に、母は残りの洗い物を抱えて、風呂場へ行ってしまった。

「悟ちゃは、蚊帳で寝るのは初めてだら。入る時に気をつけんといかんで、ちょっと来てみい、教えるで」

おんば様が先に立って、蚊帳の吊られた、真っ暗な座敷に案内してくれた。板戸を開けておけば、居間からの明かりや月明かりで、何も見えないというわけではないが、暗いことには変わりない。どうやらこの家で、まともに明かりがあるのは居間と勝手場だけで、電気配線も全ての座敷には通っていないらしい。

「こうやって、入る時は、座って蚊帳の縁を持ってな、こんな風にゆすってから、素早くもぐらんとおえんよ。蚊が一緒に入るといかんでね」

居間もそうだったが、悟が通された座敷には、古めかしい蚊取線香立てが置かれていた。細い煙とともに、独特の香りが漂う。蚊取りマットを使おうにも、コンセントがなさそうだしと、悟は納得した。

「わしは、園子さの後で風呂に入ったら、もう休むだけど、悟ちゃはどうするね？　居間で園子さを待っとるけ」

普段の生活から考えると、とんでもなく早い時間だったが、悟は首を振った。

「じゃあ、そうそう、蚊帳をゆすってな、まわりの蚊を追い払ってから、入るだよ。ほら、ちゃっと」

蚊帳の中には、布団がもう敷かれていた。勢いあまって、その上に転がった悟を見て、おんば様はにっこり笑った。

「ゆっくり、やすみないね。おやすみなさい」

おやすみなさい、寝転がったまま、悟は応じた。板戸の向こうから声がした。

「戸はどうする？　開けとくかね」

えーと、閉めておいてください。悟が答えてすぐに、静かに板戸が閉まった。月明かりが頼りの闇夜と虫の音が、悟を包んだ。

目が慣れてくると、蚊帳の中は、思ったよりも不安は感じなかった。むしろ何かに守られているようで心安らいだ。毛布をすっぽりかぶって安心した、小さな頃の感覚に似ている。電灯もなく、縁側に面した障子は開け放したままなのに、なんだかおかしかった。

しばらくして母が風呂場から戻り、居間でおんば様と話している気配がした。会話は聞き取れないが、母の口調は穏やかだ。悟はほっとして、脱いだジーンズのポケットから携帯電話を出した。電源を入れ、いつもの画面を待つ。夕方、縁側でも確かめたが、圏外表示が出ていた。祖母の家でも、場所によっては圏外になるので、驚きはしなかったが、バッテリーがもつか、心もとなかった。

通じないにしても、少しでもバッテリーをもたせた方がいい。何があるか判らないんだし。再度、電源を切って、携帯電話を枕元に置いた。

板戸の向こうで、母が床につく物音がしたのは、それからずいぶん経ってからだった。おんば様の声は聞こえない。今なら母と二人で話せると思ったのに、悟は蚊帳の中で、天井を見上げたままだった。

母に聞きたいことは、山のようにある。おんば様との会話から察するに、どうやら母は、昔、ここへ預けられていたらしい。今まで一度も母からそんな話は聞かされていないし、親族の話題になったこともない。悟の知る限り、母の実家はごく普通の家庭のはずだ。六年前、祖父が他界するまでは両親とも健在で、大病を患ったとか、別れて遠方に暮らしていたとかの話も、聞いたことがない。

――胸に抱える様々な疑問を、悟が何一つ口にできずにいるのは、母がここへ、一人で来るつもりだったと、知っているからだった。

母さんは、これから知り合いの家に寄るから、悟は電車で先に帰りなさい。

祖母の家からの帰り道、母はいきなりそう云った。なんで？　時間かかるし、面倒だよ。俺は、車で寝ているから、別にいいって。悟がそう答えた時には、車はすでに小さな駅のロータリーに入っていた。

なに？　俺が一緒だと、まずいとこにでも行くつもり？

冗談めかして、明るい声で云ったのに、母は笑わなかったし、否定もしなかった。

……もし俺が、云われたとおりに電車で帰っていたら、母さんはどうするつもりだったんだろう、悟は思った。街灯はおろか、ガードレールさえない山道を、日が暮れた後で、バックで戻れるほど、母は運転が上手くない。ここに電話がないことも知っていただろうし、携帯電話が圏外なことくらい、予想がついたはずだ。

その答えを知るのは怖くて、悟はそのまま蚊帳を見上げていたのだった。

「悟ちゃ、悟ちゃ、起きとるだか」

おんば様の慌てた声が、耳を打った。二度寝しかけていた悟は、布団から跳ね起きた。

「あ、はい。今、起きます」

答えると同時に、縁側に面した障子の間から、身を乗り出しているおんば様に気づいた。

「ああ、よかった。ちょっくら下に降りてきてくれんかね。園子さが怪我しとるで」

「ええ？」

頓狂な声を上げ、悟はジャージのまま、蚊帳から飛び出した。裸足で靴を履き、庭に出る。おんば様は門の下で、悟を待っていた。

「園子さは、谷に行く途中におるで、わしんあとをついて来てくれんか」

それだけ云って、おんば様は石段を小走りに駆け降りた。太陽は東の稜線のそばにあり、日ざしは眼を射るように眩しいが、空気はまだ涼しかった。熊蟬の音がわんわんと鳴り響いている。昨日、悟たちが歩いてきたのとは別の方角に足を向け、すぐに下り坂の脇道に入った。

木々の根が段を作り、岩が階《きざはし》になった山道を、おんば様は軽々と降りていった。深緑は彼方まで頭上を覆い、空も見えない。悟が息切れし始めたころにようやく、母の姿が目に映った。木の幹に肩を預け、両足を投げ出して座りこんだまま、母はゆっくりと二人を見上げた。

「園子さ、悟ちゃを連れてきたで」

おんば様の後ろで、悟は肩で息をしていた。すみません、母はおんば様を見上げて、頭を下げたが、悟を見ようとはしなかった。

「……怪我したって、どこを」

くじいただけよ、母は答えた。

「何したんだよ、いったい」

返事を待たずに、立てんの？　続けて聞いた。母は首をふった。肩は細く、つむじのまわりに見える髪の根元は白かった。

「腕出して、肩貸すから」

云ってから、悟は母の足元に気づいた。

「靴は？　なんで裸足なんだよ」

「……靴？」

母は、自分の足元に目をやった。両足とも、踝《くるぶし》まで落ち葉や泥が張りついている。右の親指には、乾きかけた血がこびりついていた。悟は腰を下ろし、母の顔をのぞきこんだ。

「母さん？」

「……くつ……、ああ、祠《ほこら》にいこうと思ったから……」

「河原で脱いだだかね」

おんば様が云った。母はうつむいたまま首を振った。

「祠にあがるときは履いてたで……、帰るとき……、靴が濡れるから脱いで……、ええと、そこらへんに落ちてない？」

悟は周囲を見回し、草むらを蹴った。靴は見当たらなかった。山道はきつい勾配で、明るい方角に続いている。数歩降りかけたとたん、母の声が飛んだ。

「悟、そっちは行っちゃ駄目。その先は、禁足地だから」

「……靴がなきゃ、どーしようもないだろ」

悟はつぶやき、そのまま山道を降り始めた。悟、母の呼ぶ声にかぶさって、かまわんよ、おんば様が何か云うのが聞こえたが、後は蟬の音にかき消された。

道は曲がりくねり、すぐに母とおんば様の姿は見えなくなった。蟬時雨が四方からふりそそぐ。裸足でよくもこんな山道を歩いてきたなと思うと、背筋が寒くなった。昨日から、いや数日前から、何度も振りはらってきた疑念が、胸に広がっていく。——母はおかしい、おかしくなっている。

せせらぎの音が聞こえた。

木漏れ日が明るさを増し、唐突に森が開けた。青々とした下草が広がる向こうに、光を受けてきらめく水面が見えた。いったいどれだけ降りて来たのか、両岸に立ちはだかる断崖は空が狭まるほどに高い。川岸に近づき、悟は岩壁を見上げた。はるかな高さから、水しぶきが滝となって流れ落ちていた。

その先は、禁足地だから。

河原にありがちな人の気配を感じさせるゴミは、あたりに一つも落ちていなかった。だからその靴はすぐに目についた。母の革靴は、片方だけ、河原の真ん中に転がっていた。

祠にあがるときは履いてたで。

靴を拾い、悟はもう片方の靴を目で探した。祠らしきものは、周囲に見えなかった。流れは思ったよりも深く、岩壁の陰となって水面は暗い。流れを目で追って、滝を見上げ、もう一度、流れ落ちる先に視線を戻して、悟は息をのんだ。

水しぶきが水面に跳ねるその場所に、女の子が立っていた。

さっきまでは誰もいなかった。いたら気づかないはずがない。悟と彼女の間は、十メートルと離れていなかった。向こうも驚いたらしい、目を見開いて棒立ちになっている。

悟と同じくらいの年齢だろう、甚兵衛のような見慣れない和服姿で、明るい色合いの髪が腰までのびている。

ずいぶんと長く、悟は彼女を見ていたように思う。――実際は、数秒もなかったかもしれない。背後で大きな水音が聞こえ、悟はぎょっとしてふりかえった。川下から誰かが歩いてきたのかと思ったのだ。だがせせらぎは先刻と変わらず、周囲に人影はなかった。

もう一度、悟が滝に目を向けた時、彼女の姿はどこにもなかった。


庵に戻ったときには、悟は汗だくになっていた。

拾ってきた革靴は母がくじいた右足の方で、結果としてあまり役には立たなかった。肩を貸そうにも山道は狭く、並んで歩ける幅がない上に、支えの足が裸足では危なくて仕方がない。結局、悟が母をおぶって、途中何度も休みながら庵まで運んだのだった。

「しんどかったら。園子さは足がおえんから、朝は縁側にお弁当用意しといたで。悟ちゃ、バケツを出してあるで、井戸ん水で園子さの足を冷やすといいに」

先に帰っていたおんば様は、縁側からそう云った。母より先に、悟の方が倒れそうだった。腕も足も背中も、とにかく体中の筋肉がきしんで、悲鳴を上げている。悟が縁側でのびているその横で、母はバケツに足をひたして、涼しい顔で握り飯を食べていた。

「どーすんの」

庇《ひさし》を見上げながら、悟は云った。

「その足じゃ、運転できないだろ。どうやって帰るんだよ」

「夏休みだから、別にいいでしょう」

口調は丁寧だったが、声には感情がなかった。悟は目をつぶった。母は時々、こういう話し方をする。それがどんな場合か、悟は何度も見て、知っていた。

「……捻挫ってさ」

目を閉じたまま、悟は云った。

「すぐに冷やさないと駄目なんだよ。時間たってからじゃ、何しても。ここ、湿布も氷もないんだろ。だったら……」

正確に云うと、湿布はなかったが、少しなら氷はあった。が、この暑さで、見る間に溶けてなくなった。俺に冷蔵庫があったのは奇跡だが、動いているのが不思議なくらいの年代物で、大きさも悟の腰くらいの高さしかなく、製氷室はほとんどおまけだった。

「ばあちゃんちって、ここから遠いの？　なんなら俺、行って、湿布とか、保冷剤とか、もらってくるよ。……ていうか、伯父さんに迎えに来てもらえば？」

「帰りたいの？」

母は云った。そうじゃなくて。云いかけた悟を無視して、母は続けた。

「どうしても帰りたいならね、ここの前の道を、まっすぐに行けばいいわ。御千木の神社のわきに出るから。後は伯父さんに頼みなさい。――でも」

熊蟬の音が、耳に響く。

「でも、伯父さんには、母さんは悟を、山の中に置き去りにしたってことにして」

「……むちゃ云うね、母さんも」

悟は云い、起き上がった。夏の日ざしは容赦なく庭を照らし、垣根の向こうには見事な入道雲が浮かんでいた。

「いいよ、俺はここにいても。でも、母さんは日陰に入った方がいいと思うよ。水、すぐにぬるくなっちゃうだろ」

母の顔を見ずに、悟は握り飯に手を伸ばした。丁寧に海苔がまかれたそれは、たぶん今まで悟が目にしたどの握り飯よりも、大きかった。具は巨大な種付き梅干で、あまりのすっぱさに、悟は慌てておんば様が用意してくれた水筒をつかんだ。

おんば様が裏の畑に出て行った後で、母は西側の縁側に移り、悟は井戸の横の流しで、バケツの水を替えることにした。母屋の西では、丈の高い木々が影を作っている。頭すれすれの高さに巻き上げた葦簀《よしず》の下、母は縁側から足を投げ出し、楓の葉が織りなす紋様を見上げていた。

「……さらなり、やみもなほ」

そのつぶやきは、蝉の音にかき消されて、ほとんど聞き取れなかった。

「なに？」

足元にバケツを置き、悟は聞き返した。母はぼんやりと悟を見上げ、もう一度くりかえした。

「夏は夜、月のころはさらなり、闇もなほ。……枕草子よ、学校で習ったでしょ？」

「……春はあけぼの、しか覚えてない」

それも、やうやう白くなりゆく、の後は、なんだったか思い出せないが。

「かなえ姉がね、ここで教えてくれたのよ」

ぽつんと、母はつぶやいた。母の兄弟は兄だけで、姉はいない。親戚の誰かの名前だろうか、悟が思い出そうとした時に、

「祠でよく暗唱してたっけ。月のころはさらなり、って」

「きれいなの？」

悟は聞き返した。そうじゃなくて、母は云いかけてから、

「ああ、悟は知らないものね、……あの子なら、判るだろうけど」

落胆した声でつぶやき、バケツの水に右足をひたした。

「あの子って？」

「ここにもう一人、子供がいるでしょう、預かり子の」

悟は目を瞬いた。

「……いるって云ってたね、おんば様が。でも俺、見てないし」

「預かり子なら、判るのよ」

独り言のように母は云い、それきり悟から目をそらした。

悟はしばらく母を見下ろしていたが、その場で靴を脱ぎすて、座敷に上がった。板戸や障子は全て開け放たれ、母や悟が寝ていた布団も蚊帳も、いつの間にか片づけられている。泥のような疲労感が一時に押し寄せてきて、悟はがらんとした座敷のまんなかに、倒れこむようにして横たわった。

感情が抑えきれずに、眠れない経験は悟にもある。でも本当にきつい時は、案外、あっさり眠れることも知っている。たぶん本能が強制的に、休息をとらせるのだ。

切れ切れに見た夢で、悟はここへ来る時に通った森を歩いていた。母は一度もふりかえらず、足早に先を急ぐ。それは、現実もそうだった。背後に悟がいることを忘れたように、母はかたくなに前だけを見ていた。足元に人が歩いたらしい跡はあったが、これは本当に道なのか、母はやみくもに突き進んでいるだけではないのかと、何度も不安になった。顔を上げるたび、母の姿が小さくなっていく。追いつこうと思うのに、足は重く、動かない。

母さん？

悟は立ち止まった。母の姿がどこにも見えない。いや、もう既に母はいない。どこにも、いなくなってしまった。

頭上を覆う影の彼方で、名も知らぬ鳥が鳴く。恐ろしい勢いで、光が消えていく。もう遅い、何もかも手遅れだ。

だから、あの時、部屋に戻るんじゃなかったって……！

熊蝉の大音声がふりそそいだ。悟は、汗だくになって目を覚ました。

Tシャツは汗に濡れ、頭も体も重く、のどが渇いていた。西側の、半開きになった障子の間から、縁側で柱によりかかり、目を閉じた母の姿が見える。悟は小さく息を吐いた。寝返りを打って、次の瞬間、悟は目を見張った。

――あの子だ。

見間違いではなかった。あまりに突然現れて、すぐに消えたから、自分の目と頭を疑いかけていた。だから、母にもおんば様にも話さなかった。滝の前で、女の子を見たと。

石段を上がってくるのは、あの女の子だった。染めているのか、もともとそういう色なのか、栗色の長い髪が日をあびて揺れている。柔道着を浴衣地で仕立てたような、変わった和服姿で、遠目でもはっきりわかる、目が大きくて、彫りの深い――きれいな顔をしている。

門の下で、彼女はいったん足を止めた。座敷に寝ている悟に気づいたらしい。悟は目をつぶって寝たふりをした。そうっと薄目を開くと、石段を駆け降りていく後ろ姿が見えた。

ここにもう一人、子供がいるでしょう、預かり子の。

母の言葉を思い出した。もしかしたら、と思っていたが、どうやらあの子がその預かり子らしい。なんとなく、預かり子というのは、もっと小さい子供だと思いこんでいた。

ややあって、門のところに、再び明るい色の髪がのぞいた。と思ったら、すぐに、石段の下に隠れた。悟は薄目を開けたまま、狸寝入りに徹した。石段から、頭だけのぞかせて、相手はこちらを見ている。かくれんぼをしている子供が、物陰から鬼の様子を窺うように。

蟬時雨にまじって、やわらかな声が聞こえた。

話しかけている声じゃない、悟は思った。歌うような、子供が覚えたばかりの九九を唱えるような。遠すぎて、言葉ははっきりと聞き取れない。でもきれいな声だ。歌というよりも、――なんだか、呪文を唱えているように聞こえる。

声が途絶えると、熊蟬の音だけが庭に残された。きらきらと輝く髪は、石段の下に潜ったまま、出てこない。逃げちゃったのかな、悟がそう思った時に、門から彼女が飛び出してきた。悟の方を一瞥もしない。そのまま、母屋の東側、勝手場の入口がある方へ駆けていった。

人見知りする子だで、知らん人間がいると怖がって、出てこようとせんだよ。

おんば様は確か、そう云っていた。だったらあまり、こちらから近づかない方がいいかもしれない。悟は、天井を見上げた。竈や囲炉裏のそばではなくても、この家の天井はどこも墨を塗ったように黒い。畳の上を、涼やかな風が通る。こわばった体から、少しずつ力がほどけていく。

蟬の音が次第に遠くなった。瞼が重い。逆らわず、悟は眠りに身をゆだねた。


蜩が鳴きはじめ、夕映えが庭に広がるころになって、おんば様は畑から戻ってきた。

「悟ちゃ、夕餉の支度するで、しばらく園子さが寝とる座敷にいてくれんかね」

おんば様がそう云ってきた時、悟は囲炉裏端にいた。母は昼を済ませた後、気分が悪いと云い出して、床を用意してもらって、横になっていた。

「いいけど、なんで？」

「夕餉は預かり子が支度するでね、知らん人がそばにおると嫌がるだよ。居間におると、勝手場が丸見えだら」

「……あの、預かり子って、俺とおんなじくらいの年の女の子？」

「見ただか」

おんば様は笑みを浮かべた。

「茅《かや》、云うだよ。黄いなな髪の、器量のええ子だら」

頰が熱をおびるのを感じた。えっと、遠くだったからよく見えなかった。早口に云ってから、なに云い訳してるんだ、俺は、悟は自分でも思った。

「そのうち慣れたら出てくると思うで、ちょっくら我慢しとってな。今晩も、茅はうちはなれで食べるで、居間では顔あわせんし」

「うちはなれって……」

「ああ、土間の向こうにある六畳のことだに、あっちへは行かんようにな」

玄関から勝手場までは全て土間だが、それを区切るような形で、一室だけ母屋と離れた、座敷らしい一画がある。変な造りの家だなと思っていたが、その部屋のことらしい。

云われた通り、母がいるはずの座敷に足を向けると、蚊帳の奥に母の姿はなかった。

「母さん?」

西の縁側に通じる戸は開いている。そちらをのぞきこんで、悟は仰天した。葦簀の下から身を乗り出すようにして、母がはいつくばっていた。

「母さん? 何やって……」

気持ち悪くて。か細い声で母は答えた。沓《くつ》脱ぎ石のそばに吐いた跡がある。額に手を当てると、びっくりするほど熱かった。

「熱あるじゃないかよ」

母は目をつぶっている。なんで呼ばないんだよ、悟は怒鳴ったが、母がそういう時に自分を呼ぶことがないのは知っていた。それは息子に対してだけではなく、人に助けを求めるのが、極端に下手な人だと。

「まだ吐きそう?」

母はかぶりを振った。悟は肩を貸して立ち上がらせ、蚊帳をまくりあげて、布団に母を寝かせた。母はかたく目をつぶり、眉間に皺を寄せていた。

「おんば様。母さん、気持ち悪いって、洗面器か何か……」

囲炉裏のある居間に駆け込んでから、しまったと思ったが遅かった。勝手場に、例の女の子が立っていた。

黄いなな髪の、器量のええ子だら。

最初に会った時に、すぐにそう思った。くっきりとした目鼻立ちで、瞳も髪も肌も色素が薄い。近くで見ると、余計にそれがはっきりした。

「園子さが、どうしただね」

おんば様は勝手場の奥にいた。

「縁側で吐いてた。熱あるみたい」

土間に降りていいか迷い、悟はなるべく彼女を見ないようにして、居間に立っていた。様子見に行くで、茅は夕餉の支度頼むに。おんば様は云い、居間に上がった。

「園子さ、入るに」

母は横になったまま目を開き、おんば様、すまんです、か細い声でつぶやいた。おんば様は、母の枕元に膝をつき、額に手を当てた。

「ああ、熱あるに。疲れが出たんだら。もしかすっと、ゆんべから祠に行ってただかね」

返事はなかった。

「汗かいとるで、後で着替えを持ってくるでね。後、湯ざましと薬と……、夕飼は食べられそうかね」

小さな子供のように、母はかぶりを振った。

「ちっとでも腹に入れといた方がいいで、じゃあ、おかゆを用意するな」

立ち上がろうとしたおんば様の袖を、追いすがるようにして母はつかんだ。

「おんば様、ゆんべ、たまがけできんかった。鈴鳴らしも、できんくなってた」

ちゃんと月は出てたに、昔はできただに。絞り出すような声でささやくと、母はおんば様にすがって泣きだした。

「ああ、そんな、泣くことないで。当たり前だら、園子さはもう大人になっただから」

おんば様は云い、しばらくして奇妙な言葉を語り始めた。

蚊帳の外に立っていた悟は、それが縁側で聞いた、あの茅という少女が唱えていた言葉と同じだと気づいた。子守歌のように、おんば様はその言葉を唱え続けた。悟は途中で、座敷を出た。

「園子さは、眠ったに」

おんば様がそう云ってきた時には、青みを強めた空に色のない月が顔をのぞかせていた。悟は縁側から、夕闇に包まれた庭を見ていた。体中が汗ばみ、あちこち蚊に刺されていたが、座敷に戻る気になれなかった。

「悟ちゃ、外にいたら体が冷えるに。夕飼の支度もできたで、居間においでや」

庭に目を向けたまま、悟は云った。

「おんば様。――さっきの、母さんに話しかけてたの、なに?」

「ああ、おちののりとだら。園子さが取り乱しとったから」

「取り乱すどこじゃないよ」

考えるより先に、言葉が口をついて出た。

「祠って、母さん、夜中にどこに行ってたの? おんば様は、知ってるんだよね。だいたいなんで母さんはここに来たんだ。預かり子だとか、鈴鳴らしとか、俺には意味わかんないことばっかだよ」

おんば様は、悟のかたわらに腰をおろした。

「悟ちゃ、園子さの旦那さは、どうしとるだ?」

突然切り返されて、悟は絶句した。

「ここへ来る前に、実家に寄ったと云うとったが、最初から悟ちゃと二人での里帰りだっただか? 園子さは旦那さに、なんと云ってここに来ただね」

「……知らない。云ってないと思うよ」

別に隠しているわけでもなんでもない。母は何も説明しなかったし、悟もあえて聞こうとはしなかった。

「ここはなんなの」

悟はくりかえした。

「俺はなんにも聞いてないよ、おんば様。最初は、ばあちゃんちから電車で帰れって云われたんだ。まさか十七にもなって、捨て子にされるとは思わなかったよ」

「園子さが悟ちゃを捨て子にするはずないら。悟ちゃは小さいころ鈴鳴らしだったで、ここへ連れてきただよ、きっと。園子さも鈴鳴らしで、昔、ここにおったで」

「だから、鈴鳴らしって、なんなの？　俺は聞いたことないよ、そんな言葉」

「……御千木の子供に時々おるが、神社の鈴を紐を引かずに鳴らすことができるだね。園子さは十三のころ、それで預かり子になっただよ」

神社の鈴を、紐を引かずに鳴らす？

悟は、おんば様の顔を凝視した。皺が刻まれた口元に、笑みが浮かんだ。

「子供の知恵熱みたいなもんだら。大人になれば、普通はできんくなるで」

鈴鳴らしも、できんくなってた。

「俺は、そんなことできないよ。母さんは、ほんとにそんなことができたの」

おんば様はしばらく黙っていたが、いつもにも増してゆっくりと云った。

「悟ちゃは、逆立ちができるだかね？」

めんくらったが、悟はうなずいた。

「それと同じだで。なんも変なことじゃないに。子供のころ逆立ちができとっても、大人になると体が重くなって、できんくなることもあるら」

「そうじゃなくて。神社の鈴を、紐を引かずに鳴らすって、どういう意味？　ふつう、そんなこと、できないはずだろ」

「御千木では別段、珍しいことじゃないに。外のもんに云わんだけだら」

それだけ云うと、おんば様は立ち上がった。

「さて、夕餉にしまいか、悟ちゃ。菜《さい》の数が足らんかもしれんが、今日は飯をようけ炊いたでね」

第二章

翌朝、悟が目を覚ましたとき、日は既に高く昇っていた。

どうやら完璧に寝過したらしい。板戸をそっと開けると、蚊帳ごしに横になった母の姿が見えた。

「母さん？」

母は薄目を開けた。大丈夫かよ、蚊帳に潜りこみ、悟は母の額に手を当てた。汗ばんではいたが、熱は下がっていた。枕元には水差しと、空になった椀が置いてあった。

「飯は？　食えそう？」

「おんば様が、おかゆを用意してくれたから……。悟のご飯は、居間のほうに用意してあるって」

「じゃ、食べてくるよ。暑くない？　ここ」

「ん……、もう少し、戸を開けておいて」

悟は蚊帳から出て、四方の戸を開けた。蝉時雨がふりそそぎ、座敷が暗い分、庭の明るさがひときわ鮮やかだった。いい天気だよ、悟は云ったが、母は、ありがとと答え、再び目を閉じた。

囲炉裏端には、箱膳に朝食が用意してあった。漬物と海苔、生卵、空の椀には藁半紙のメモがのせてあり、みそ汁は鍋に入っとるで温めてな、と薄い鉛筆書きで記してあった。勝手場に面した障子は開け放たれている。火を落とした竈とタイル張りの流し、アルミ製の鍋とカセットコンロが置かれたテーブルが見えた。土間に降りて、鍋の蓋を取ると、みそ汁の具は素麵《そうめん》のようだった。

一人で朝食を済ませた後、悟は流しで椀を洗い、寝ていた部屋に戻った。布団を片づけ、もう一度、母の寝ている座敷をのぞくと、母は静かな寝息を立てていた。

「母さん、俺、靴、探しに行ってくるね」

寝ているのを承知でそうつぶやき、悟は外へ出た。

夏の日ざしは容赦なく庭にふりそそぎ、足元にくっきりとした影を作っている。門から眺める夏の空は、どこまでも青く、広かった。蝉時雨は、一瞬たりとも止む気配はない。悟は周囲に気を配りながら山道を降りたが、似たような木々が続く森の中では、母が座っていた場所がどこかさえ思い出せなかった。やがて絶え間ない水音が聞こえ、滝が姿を現した。

両側に切り立った岩壁は黒々とした岩肌を見せ、流れは軽やかな音と共に、青草の生い茂る下流へとのびていく。滝は岩壁に白い布を描き、水面にしぶきをあげていた。

だが、悟が密かに期待していた彼女の姿は、そこにはなかった。

祠の場所を、母に聞いておかなかったのは失敗だった。河原をもう一度見て回りながら、悟は思った。靴を脱いだということは水辺にあるのだろうが、対岸は見事な絶壁だ。水神様ってのは滝の神様だっけ、そちらに向かって歩きながら、悟は頭上を見上げた。光が跳ね、水しぶきが川べりにまで舞っている。

昨日、あの子が立っていたのは、どこだった？

改めて見回すと、変だった。現れたのが突然なら、いなくなったのも一瞬だったのに、周囲に隠れるところがない。だいたい立っていた位置を思い出すと、滝壺に浮かんでいたことになる。水面に目をこらすと、河原近くから滝に向かって、いくつか大きな岩が沈んでいるのが見えた。悟は靴を脱ぎ、ジーンズの裾を折った。一番近い岩でも川岸からはやや距離がある。ちょっと考えてから、思い切って河原を蹴った。水は冷たく、あやうく転びそうになったが、辛うじて岩の上に踏みとどまった。

滝の水音が、蟬時雨をかき消すほどに大きい。流れは踝をひたす程度だが、岩はぬめり、足が滑る。足を取られないように用心しながら、悟は岩の上を滝に向かって進んだ。

「おい、てめえ！」

怒鳴り声が背後から響いた。

驚いたはずみに悟は足を滑らせ、岩から落ちた。次の瞬間、頭まで水中に沈んでいた。足がつかない、と思う間もなく、流れに押し流され、前後左右も上下も判らなくなった。突き出た岩が何度か体を打ち、つま先を川底がこする。なんとか手足を動かし、つんのめりそうになりながら立ち上がると、深さは腰のあたりまでしかなかった。

したたか水を飲んだせいで、鼻が突き刺すように痛い。しばらくは咳きこんでしまい、顔を上げるのもままならなかった。

ようやくまともに息をつけるようになって、あたりを見回すと、ずいぶんと流されたようだった。カーブした川岸の、雑草の生い茂る陰から、小さな人影が、こちらに向かって来る。悟はよろけながら、河原に戻ろうとした。

近づいてきたのは、小学校中学年くらいの男の子だった。切れ長の目が、まっすぐこちらをねめつけている。なぜだか知らないが、ひどく怒っているようだった。

「誰だよ、おまえ」

聞こうと思ったことを先に云われた。しかも居丈高に。どう見ても年下の子供におまえ呼ばわりされて、悟はさすがにむっとしたが、ずぶ濡れで足元もおぼつかない状態では、少々分が悪かった。

「御千木の奴じゃないな。なんでこんなとこにいる?」

ということは、この子は御千木の人間なんだな、悟は思った。母方の在所にはここ数年、顔を出していないから、隣近所の住人の顔を見ても誰だか判らない。よろける足取りで河原に上がると、子供は後ずさった。

「答えろよ、どこから来た？」

ここまでむきだしの敵意を、人からぶつけられたのは初めてだった。――と云っても、相手はどう見ても小学生で、目線は悟のはるか下にあった。この身長差では、どんなにすごまれても迫力がない。

「……口がきけないのか？」

悟は苦笑した。子供はかっとなったらしい、大声で叫んだ。

「おまえ、ここをなんだと思ってるんだ。滝で遊びやがって。一体……！」

怒りのあまり絶句している。悟は困惑したが、仕方なく答えた。

「それはごめん。俺はここに来たの、初めてなんで」

なんだか間の抜けた台詞になったが、子供は笑わなかった。

「誰に参道を教わった？　ここに一人で来たわけじゃないだろう？」

なんでこんなに喧嘩腰なんだろう、悟は思ったが、おとなしく答えた。

「ここの上にいるおんば様にだけど。昨日、かまわないって、云ってたし」

子供は、目を見開いた。

「――おまえ、まさか、庵に泊まってるのか？」

「うん」

やおら子供は川上に向かって、大声で叫んだ。

「かや！」

かん高い声が、谷に反響した。

「いるんだろ、茅！」

子供はそのまま川上に向かって駆け出した。悟はTシャツを脱いで絞り、もう一度着直した。ジーンズをどうしようか迷ったが、あの子供が叫んだ通り、茅が近くにいた場合のことを考え、そのままにした。川岸のカーブを通り過ぎ、滝の見える場所に戻ると、驚いたことに本当に彼女が立っていた。

子供は茅の袖をつかみ、強引にかがませていた。そうしないと同じ目線で話せないのだろう、頭ひとつ分は確実に、彼女の方が背が高かった。何を話しかけているのか、蟬の音で全く聞こえない。彼女は首をかしげ、一言二言何かをつぶやいた。袖口をつかんだまま、子供は悟の方へ向き直った。

「てらがいとの、園子の子供だって？」

悟はめんくらった。母の旧姓はもっとありふれた名字だ。違うよ、と云いかけてから、そういえばそういう呼ばれ方をするときもあると思い出した。村に同じ名字の家がいくつもあるので、地所の呼び名が名字の代わりに使われるらしい。確か、寺外戸《てらがいと》というのが、それだった。

「園子は出戻るつもりか。おんば様の跡を継ぐはふりは茅だ。そう園子に云え」

困惑した悟を無視して、子供は茅の手を引いて歩きだした。

「それから、おまえ、茅に近づくなよ」

悟は無言で二人を見送った。どうやらこの場所は、母と自分の安住の地ではないようだった。


「何をそんなに怒っとるだね」

おんば様はそう云って笑った。昼餉の膳を前にして、子供はふてくされていた。茅はその隣に、置物のようにおとなしく座っている。子供に手をひかれて、囲炉裏端に腰をおろしたものの、先刻から一言も口をきかないし、視線はずっと伏せたままだ。子供もおんば様も、それを当り前のこととして気にしていないようだった。

「鈴鳴らしでもない奴が、ここにいるのはおかしいだろ、おんば様。親父が知ったら、絶対いい顔しないよ」

「真彦《まひこ》さは、普通はここには来んよ。俺は神主《かんぬ》さのいるとこじゃないでね。真《しん》ちゃも、それは知っとるら」

「俺は鈴鳴らしだもん」

子供は云い返した。

「茅とおんなじだよ。親父が認めなくたって、ここに住む権利はあるんだ」

「そうだけど、真ちゃをここに住まわせるわけにはいかんでね」

囲炉裏を挟んで、茅と真と向かいあう格好で、悟は二人のやりとりを眺めていた。着ていた服は下着まで濡れてしまったので、おんば様は押入れの奥から、替えの着物を探してきてくれた。

どうだいね、前にここにおった預かり子のだけど。

そう云って渡してくれたのは、茅が着ているものと同じつくりの和服だった。悟は甚兵衛だと思っていたのだが、作務衣といって別物らしい。袖と裾がすぼまっているのが違うらしいが、下衣はパジャマのズボンのようで、上衣の打ち合わせを左右の紐で留めるあたりは、甚兵衛と同じだった。作務衣いうのは、もとはおっさまの作業着だでね、おんば様は云った。このあたりでは、僧侶のことを、お坊様をくずした云い方で、おっさまと呼ぶ。

大きな子だったで着れると思うだが、悟ちゃは背があるでねえ。

確かに裾の丈は足りず、少々恥ずかしかったが、思ったよりも動きやすい。第一、濡れたジーンズに比べれば、どんな格好だってましというものだ。

「茅を見るなって」

いきなり真にそう云われて、茶を飲もうとしていた悟はむせてしまった。

「悟ちゃ、大丈夫だか」

おんば様が背中をさすってくれた。それから、

「真ちゃ、無理を云うたらおえんが。悟ちゃも昔は鈴鳴らしだったに、仲良うせな」

「子供の頃の話だろ。御千木の人間でもないくせに」

すねた声だった。相手があんまり子供なので、怒る気にもなれない。悟は改めて湯呑みの茶をすすり、息を整えた。

「あのさ」

真とおんば様だけではなく、茅まで顔をあげて、悟を見た。初めてまともに茅と目があって、悟は頬に血がのぼるのを感じた。

「――おい」

苛立った声で子供が云い、悟はようやく我に返った。

「ええと……、真くんだっけ？　俺は、母さんが怪我してるからここにいるだけで、ずっとここにいるつもりはないよ、すぐ帰る。それから、ええと、茅さんに何かする気もない。――安心した？」

「当たり前だ、何かしたら殺すぞ」

最後の一言は、我ながら取ってつけたようだった。

「真ちゃ」

おんば様が云った。

「俺で悪い言葉はおえんに。忘れただかね。悟ちゃに謝りんさい」

口調は柔らかだったが、有無を云わせない響きがあった。悟は驚いて、おんば様に目をやった。おんば様は真を見ている。真はしばらくじっとしていたが、箱膳に箸を置いてうつむいた。

「……ごめんなさい」

「あ、いや、俺はいいけど」

思わず、そう答えてしまった。態度はでかいし、口も悪いのに、妙に素直だ。おんば様の云うことに素直に従うあたり、まだ子供なのかなと思ったが、よく見たら、左手でしっかりと茅の手を握っていた。

昼餉が済んだあと、母の様子を見に行くと、母はおんば様が用意してくれた浴衣姿で、西の縁側で風にあたっていた。

「昼飯は？　俺はもう食べたけど」

「こっちでもらったから」

「足は？」

母は肩をすくめた。

「痛いね」

でもどうしようもないから、と独り言みたいにつぶやいた。

「俺、水替えないで、あのまま寝ちゃったからね。ちゃんと冷やしておけばよかったんだけど……ごめん」

「悟のせいじゃないよ。知ってたのに、母さんも、面倒でちゃんと冷やそうとしなかったんだから。……母さんも、すぐに眠っちゃったしね」

それから、

「たいがいのことは、判っていても、できないんだよね」

母はそう云って、笑った。笑うところじゃないと悟は思ったが、黙っていた。母が云っているのは、捻挫のことではないと思ったから。

「……そんな格好で風にあたってると、また熱ぶり返すよ。寝てたら」

悟は云い、縁側を通って、南側に回った。障子も板戸も開け放しているので、いくら広い家でも、ほとんどの座敷は見渡せる。いつも悟が布団を敷いてもらっている部屋の隣、玄関のすぐ脇にある座敷に、茅はいた。あきれたことに、その膝を枕にして、真は眠っていた。

縁側の柱に寄り掛かって、しばらくの間、悟は二人を眺めていた。茅は、真の寝顔を見つめたまま、顔を上げようとしない。かなり長い間ためらってから、悟がようやく口にした言葉は、我ながらちょっと間抜けだった。

「……重くない？」

無視されたと思った頃にようやく、彼女は顔をあげた。いぶかるような、身構えるような目で、悟を見ている。

「膝枕、重くないのかと思って」

悟がくりかえすと、茅は無言でかぶりをふった。さらさらと髪がゆれる。近くで見ても、いや近くで見ると、いっそうきれいな子だった。くっきりとした二重の目、長いまつ毛、化粧はしていないようなのに、作り物みたいに造作が整っている。瞳も肌も色素の薄い人に特有の色で、どちらかと云うと日本人よりも白人系の顔立ちだ。

俺だったら、こんなきれいな人に膝枕してもらったら、絶対眠れない。悟は思い、熟睡している子供の幼さが、ちょっとうらやましかった。

「その子って、いくつ？」

茅は首をかしげた。

「真くんだよ、何歳？」

小学校三年生くらいかな、悟はつけくわえたが、茅は困った顔でかぶりをふっただけだった。

「茅さんは？　俺と同じくらいだと思うけど」

茅は首をかしげ、再び首をふった。どういう意味か判らず、悟は戸惑った。

人形みたいにきれいだけれど、もしかして中身は小さな子供なのかもしれない。だから、こんな風に大人しく、子供の云いなりになっているのかもしれない。

「えーと、じゃあ、はふりって何？　さっき真くんに云われたけど。おんば様の跡を継ぐはふりは茅だって、母さんにそう云えって」

茅は視線をそらした。ぽつんと小さな声が響いた。

「神社にお仕えしている人のこと。おんば様みたいな」

それから、目を伏せたままつぶやいた。

「おかしいん？」

きれいな声だ。すずやかで、耳に優しい。ただしイントネーションは、悟が聞きなれた言葉とはまるっきり違っていた。

「おかしくないけど……。って、おかしいって何が?」

「しゃべり方、前にここに来た人に云われたで。なに云ってるだか、判らんて」

確かに、なまりはきつかった。悟の知らない地方の言葉で、それにおんば様と同じ御千木の方言が混じっている。なまじ外見が日本人離れした顔立ちの美人なので、ちぐはぐな感じがした。

「……俺は判るけど……、あ、俺の云ってることって、判る?」

小さくうなずいた茅を見て、悟は安堵した。

「神社って、どこの神社? 神主とは違うの?」

「……御千木の神社。神主《かんぬ》さはおんば様じゃなくて、真さんのお父さだで」

「それって、えーと、御千木の夏のお祭りで、餅投げやるとこだよね。甘酒配ったりとか。……ここから遠くない?」

「そんな遠くないに。あんま行ったことないだだけど」

茅は云い、微笑んだ。悟は一瞬、本気で息が詰まるかと思った。

「茅を見るなって、云っただろ」

不機嫌な声がした。茅の膝で、真が目を覚ましていた。

「俺の云ったこと、全然聞いてないのな。茅に話しかけるな、園子の息子」

「その前に、俺の母親を呼び捨てにするなよ、子供のくせに」

　真は目をこすった。

「そっちだって子供だろ」

「真くんよりは年上だと思うよ。小学生だろ」

「六年生」

　思わず、ええっと声がもれた。どう見ても四年生くらいにしか見えない。

「なんだよ、そっちはいくつなの」

「俺は十七だよ。高校二年」

「おっさん」

　云い返すのも大人気ないので悟は黙っていたが、茅がいなければ違ったかもしれない。

「預かり子になるには、年をとりすぎてるな。もう鈴鳴らしでもないんだろ」

　そう云うと、真は起き上がった。

「……それ以前に、鈴鳴らしが何なのかもよく判ってないんだけど」

　なんでみんな、俺が鈴鳴らしだったたって云うんだろ。悟にはその方が不思議だった。

「覚えてないんだ。へえ。こっちは、小さい頃から、じいちゃんばあちゃんに、何度も聞かされたってのに」

「何を？」

「俺が生まれて最初のお宮参りのときに、鈴鳴らしがあったんだってさ。じいちゃんとばあちゃんは赤んぼだった俺が鳴らしたと思ったらしいけど、神社には園子とおまえもいて、鈴を鳴らしたのはおまえだってことになった。どっちでも、どうでもいいことだけど」

悟はあぜんとした。

「ええ？　それって、いくつの時だよ？」

「俺が生まれてすぐだから、お前は五歳かそこらだろ。そっちは七五三かなんかだったみたいだし。普通、子供が鈴鳴らしをしても、親は気づかないふりするもんだけど、俺は神主の初子だった上に、お宮参りだったから、吉兆だって騒ぎになったんだってさ」

「……吉兆だったの？」

「だから、鈴を鳴らしたのは俺じゃなくて、おまえなんだよ。親父はそう云ってる。鈴鳴らしに意味なんかないってのが、親父の持論だから」

いらついた口調だった。

「というか、その、ほんとに紐を引かずに、神社の鈴が鳴るわけ？」

悟の問いに、真はすぐには答えなかった。ただ黙って、悟の顔を見ていた。

「……おまえって、本当に、御千木の人間じゃないのな」

ややあってそうつぶやくと、真は立ち上がった。

「むかつく。なんで、おまえみたいのが、鈴鳴らしだったんだよ」

茅は膝枕をしていたときの姿勢のまま、真を見上げている。それに向かって、真は居丈高に云った。

「祠にお参りに行こうぜ、茅」

それから悟を一瞥した。

「おまえはついて来なくていいからな、絶対について来るなよ」


その日、夕映えも色を失う頃になって、真はここに泊まると宣言した。おんば様は家に帰るよう諭していたが、最初からあきらめ顔だった。

「おうちで心配するに。真彦さは真ちゃがここに来ること、よう思っとらんで。一度おうちに戻って、お話してからにすればええら」

「大丈夫だよ、親父は休日出勤で、今日いないから。俺がここにいるって、母さんに判んなくても、唯《ゆい》なら判るもん。それにもう外、暗くなってきてるし」

「たまがけの御子が、何を云うだね。今晩あたりの月なら、平気で歩くら」

「だって、こいつはここに泊まるんだろ」

真は云い、悟を指さした。

「こいつがよくて、なんで俺が駄目なんだよ。俺はこいつを、茅のそばで寝泊まりさせたくない。夜這いでもかけられたら、どうすんだよ」

「……古い言葉を知ってるなー」

怒るより先に、悟はあきれた。

「ごまかすな。いいな、絶対、茅のそばに寄るなよ。何かしたらただですむと思うな」

今回は、殺す、とは云わなかった。なるほど、悪い言葉は使ってないなと、悟はひそかに感心したが、文脈は同じなので、意味がない気がした。

「蚊帳はもうないに。別間は園子さが横になっとるで、真ちゃはどこで寝るだね」

あきらめたのか、おんば様はそう云った。

「俺は茅と寝るよ。当たり前だろ」

悟は思わず、変な声をあげてしまった。

「真ちゃは、もう小さな子じゃないら。茅とひとつとこで寝かせるわけにはいかんに。悟ちゃの蚊帳に入れてもらうしかないら」

「やだよ。こいつが、園子と一緒の蚊帳で寝ればいいだろ」

「園子さは、病だで」

おんば様ははっきりと云った。その言葉は思いがけず、強く悟を鞭打った。

「ようなるまで、ここで大事にせんとおえんよ。真ちゃもそれは、わかりいるら」

今までの強気な物言いが嘘のように、真は急に押し黙った。それから、

「——布団はまだあるんだろ？」

「冬布団だだけど、それでいいかね」

「いいよ。奥の納戸だよね」

云うと同時に、真は身をひるがえした。姿が見えなくなった後で、悟はおんば様に目

をやった。

「えーと、つまり、俺は今夜、真くんとおんなじ部屋で寝なくちゃいけないってこと？」

「落ちつかんかも知れんけんど、ごめんなあ」

そう云われると、居候の身で文句は云えない。

西の縁側を、布団の塊が歩いてくるのが見えた。つんのめるようにして布団を降ろすと、真は高らかに宣言した。

「縁側がわが俺だからね！」

夕餉の箱膳には、相変わらず似たような献立が並んだ。茄子の生姜焼きに、胡瓜《きゅうり》の酢のもの。たくあんと梅干、ぬか漬け。昨日の茄子はみそ炒めだったが、三日間ずっと、茄子と胡瓜を食べている。どうやら毎日おんば様が畑から採ってくるらしく、ぬか漬けまでもが茄子と胡瓜だった。せめて麻婆《マーボー》茄子が食べたいと悟は思ったが、あの小さくて古い冷蔵庫にひき肉が入っているとは思えない。

箸を使いながら、今更な疑問がわいた。茄子と胡瓜は裏の畑で作っているから判るが、この米や海苔、今日の朝ごはんに出た卵は、いったいどうやって手に入れているのだろう。

真は、茅の傍らに席を取り、ときおり威嚇するように、悟をにらみつけてくる。夕方近くに、胡瓜に塩をふりかけて一本かじっていたが、どうやら茄子も酢のものも好きではないらしい、たくあんと梅干だけで飯をお代わりしていた。茅はほとんど箸を動かしていない。箱膳の夕餉は手つかずに近かった。

「だからさ、何度も云ってるだろ。茅を見るなって」

真は、これで何度目かになる言葉をくりかえした。

「見てないって。っていうか、それ、茅さんに失礼じゃないの？」

茅は何も云わずに、目を伏せている。真が云った。

「おまえが見てるから、茅は食わないんだよ。俺とおんば様と三人の時は、茅はちゃんと食うんだから」

「…………」

悟は返す言葉を失った。けっこうショックだった。

「真ちゃ、そんな云い方するじゃないに。悟ちゃのせいでないだから。茅がなれとらんからだら」

おんば様は云い、茅、無理せんでいいでな、とつけたした。

「おんば様。園子がここにいたのって、どのくらいの間だった？」

唐突に真が聞いた。

「さて、二カ月か三カ月か、そんなもんだったら。園子さはここから学校に行きよったで、えらかったしな」

「じゃあさあ、家に早く帰りたくて、鈴鳴らしが治ってなくても、治ったふりして、家に帰ったたってことはありえるよね」

「それはちょっと、真ちゃが勘違いをしとるな」

おんば様は云った。

「鈴鳴らしは、別に治すもんじゃないに。魂振《たまぶ》りすること自体はいかんことじゃないでな。本人が庵におりたければおればいいし、うちに帰りたくなったら、いつでも好きなときに帰っていいで。……まあ、園子さの場合は特別で、かなえさのことがあったで、うちに帰らねばいかんくなっただけんど」

おんば様の言葉は、真には意外だったらしい。箸と茶碗を両手に持ったまま、しばらく動作が止まってしまった。

「……じゃ、大人になっても、鈴鳴らしってことはありえるの?」

「茅がそうだら」

簡潔な返事だった。悟は真に云い訳ができないほど、露骨に茅に目をやってしまった。じゃ二十歳を越えてるってこと?　でもとてもそうは見えない。

「茅は違うだろ。預かり子なんだし、年だって……」

「昔なら、嫁いどっても不思議はない年だら。立派な大人だに」

すました顔で、おんば様は答えた。

「いつの昔だよ。じゃ、園子が大人になって悟を産んだ後でも、鈴鳴らしだったとしても、おかしくはないいんだよね?」

「おかしくはないだけど、なんでそんなことを気にするだね」

「悟が鈴鳴らししたのって、本当は園子が鈴を鳴らしたんじゃないの」

悟は、昼間、真に云われた台詞を思い出した。――俺が生まれて最初のお宮参りのときに、鈴鳴らしがあったんだってさ。神社には園子とおまえもいて、鈴を鳴らしたのはおまえだってことになった。

おんば様はしばらく黙っていたが、ゆっくりと答えた。

「鈴を鳴らしたのが、悟ちゃでも、園子さでも、真ちゃでも、おんなじことだに。鈴鳴らしは、御千木のこだまが人に降りるもんで、降りた人が持っとる力じゃないでね。誰が鳴らしとっても、おんなじことだら」

「おんなじじゃないよ。だって、なんで悟が鈴鳴らしだったんだよ。御千木の人間じゃないのに」

不服そうに真が云い返す。

「さあなあ。こだまはただ、あらわれるもんだでね。それを云うなら、茅だって、ここの生まれじゃないら」

「知ってるよ」

真は云い、たくあんを音をたてて嚙み砕いた。それから、空っぽになった茶碗を前に手を合わせ、大声でごちそうさまを口にした。茄子の生姜焼きと胡瓜の酢のものは、まだ皿に残っている。真はその二つを手にして立ち上がり、悟の前に立つと、箱膳の上に無理やりのせた。

「やる」

食べ残しを押しつけられたのは判ったが、正直、腹が減っていたので、黙って片づけてしまった。

「真ちゃ、わしと茅は、片づけせなならんで、風呂の支度してくれんかね。ついでに悟ちゃも一緒に連れてって、薪のくべ方やらなんやら、教えてあげとくり」

夕餉の後で、おんば様は真にそう云った。悟は驚いたが、真はもっと驚いたようで、不満げに云い返した。

「風呂の支度はいいけどさ、なんで俺がこいつに教えなきゃなんないんだよ。こいつの方が俺より大人じゃん」

「悟ちゃは町の子だで、薪のくべ方とか知らんでね。真ちゃなら、わしがいなくても一人でできるら」

うまいなあ、悟は思った。気をよくしたらしい真は、尊大に悟に云った。

「だってよ、ついてくる?」

「悟ちゃ、頼むな」

おんば様に目配せされて、悟は立ち上がった。懐中電灯と徳用マッチ箱を受け取り、真の後をついて外に出る。昨夜も一昨日も行って帰ってくるのに必死で、悟は全く気づかなかったが、納屋の裏には、薪がぎっしりと壁一面に積み上げられていた。上の方の隙間には、枯れ枝のようなものが押し込められている。真は爪先立って、それを引き抜くと、薪を何本か選んで抱えた。焚き口に回り、そのまま火をつける準備を始めたのを見て、悟は慌てた。

「水は？　水、替えなくていいの？」

「馬鹿か。風呂の水は、日が出てるうちに入れておくんだよ。その方が、あったまるだろ。今から水入れてたら、沸くのに余計に時間がかかるって」

枯れ枝のようなもの、と悟が思ったそれを、真はいくつかにへし折って焚き口に入れた。それ、なに？　悟の問いに、焚き口にしゃがみこんだまま、真は答えた。

「スギバ。見たことないのか？　これじゃないと、うまく火がつかないんだよ」

スギバというからには、杉の木の葉らしい。クリスマスツリーの枝に感じが似ていたので、悟はモミの木かと思っていた。すっかり乾燥したそれをまず入れ、その上に、細い枝、やや太めの枝、薪の順で、空気が通るように組んでいく。マッチをすって、スギバに火を近づけると、すぐにぱちぱちと音を立てて燃え上がった。まわりが一気に明るくなる。

「あ、そうやって火をつけるんだ」

悟は素直に感心した。真は悟を見上げて、自慢げに云った。

「俺は小さいころから、手伝ってて慣れてるもん。もしかして、薪をくべたこととかないんだろ」

「ないよ、そりゃ。ふつう、風呂なんて、お湯をためるもんだろ」

「へえ、俺んちだと、ガスで火をつけるけどね」

それはまた、なかなか旧式な風呂釜だ。

しばらくして、無事、火は薪にうつったらしい。真は何度も焚き口をのぞきこみ、次の薪を入れるタイミングを計っていた。ときおり、ばちん！と、音を立てて薪がはぜる。節に穴をあけた竹筒をどうして火吹き竹と云うのか、悟は疑問に思っていたが、実際に真が使っているのを見て、納得した。新しい薪にうまく火がつかないとき、火吹き竹で風を送りこむと、おきの部分が火の粉をあげる。悟はたまに薪やスギバを納屋の裏に取りに行くだけで、あとは真が薪をくべるのをただ見ていた。おんば様が、もうええら、と見に来た時には、湯は既に沸いていたらしかった。

やっかいだったのはその後だった。客人である悟と真が先だと云うおんば様と、茅とおんば様が先だと云いはる真は、延々と一番風呂を譲り合った。今まで疑問にも思わず一番風呂を使っていた悟はひそかに赤面したが、あまりに譲り合いが続くので、このままではせっかく沸いた湯が冷めると、心配になってきたほどだった。結局、最後には、真が折れて、真が一番、次が悟に決まった。

「俺は速攻で出てくるから、絶対に茅のそばによるなよな」

云い捨てて、風呂場に向かった真は、本当にすぐに居間に戻ってきた。おんば様が用意していた子供用の浴衣に着替えている。白地に紺のとんぼ柄で、帯も洗いざらした紺色、丈はちょっと短めで窮屈そうだが、変に似合っていた。懐中電灯は？　悟が聞くと、真はあきれた顔で答えた。

「こんなに明るいのに？　ほとんど満月だぜ。楽勝で歩けるだろ。懐中電灯なんか、風呂場に置いてきたよ」

「え」

　小学生相手に、外が暗くて怖いとはさすがに云えない。そのくらいの見栄は悟にもある。平静を装って庭に出ると、昨夜、一昨夜と感じたよりも、空は明るい気がした。黒よりも紺に近く、満月にほど近い月が、白い光を放っている。星の瞬きは、驚くほどの数だった。

　――なんでさっき、気づかなかったんだろ。

　足元に落ちる自分の影を見て、悟は驚いた。これなら確かに、懐中電灯なしでも歩ける。暗がりでは様々な虫の音が響きあい、ときおり思い出したように蟬が鳴いた。風呂場の懐中電灯をつけた時の方が、あたりが暗くなった気がした。風呂釜に身を沈めてから、ふと、あのシャンプーとリンスのボトルは、茅のためのものなんだなと思った。それはもちろん、おんば様も使うのだろうけれど、ここにいるのがおんば様一人だったら、置いてなかったに違いない。

　この後で、この風呂に茅が入るんだ、と気づいたとたん、悟はうろたえて、意味もなく風呂釜から飛び出してしまった。

母屋に戻ると、居間に茅と真の姿はなかった。ただ一人残っていたおんば様が、悟ちゃ、えらいカラスの行水だったねえ、と笑った。

「二人は？」

「茅はうちはなれに戻ったで、真ちゃは、悟ちゃが昨日寝とった部屋で、もう寝とるら。園子さは、さっき手拭いで体ふいたで、風呂には入らん。もう寝るって、云うとったで、座敷にはいかんように、静かにしとってな。真ちゃにも、よく云っといたで」

蚊帳の吊られた座敷に入ると、二つ並べた布団の縁側に近い方で、真は寝転がっていた。

「あ、きたな」

おんば様に静かにしているように云われたからか、それとも口をききたくないからか、真はそれしか云わなかった。悟は黙って、おんば様に教えてもらったとおり、蚊帳をゆすってから、素早く中にもぐりこんだ。布団の白さは目に映っても、真の表情は闇にとける。虫の音がただ響く。

ずいぶんと経ってから、真は口を開いた。

「……おまえさあ、いつまで、ここにいるつもりなんだよ」

暗闇の中で、悟は真を見た。大の字になって、天井を見上げているようだった。

「わかんないよ。母さんの足が治るまでかな」

板戸を隔てた隣の座敷では、母が横になっているはずだった。悟は、母が起きていて、自分の声を聞いていることを願った。

「長引いたらどうするんだよ？」

「まだとうぶん夏休みだし、いよいよ駄目だったら、ばあちゃんちに行くよ。そっちこそいいのか。勝手に外泊して」

「俺は小さいころからしょっちゅうここに来て、勝手に泊まってるもん。俺がここにいるって、云わなくても妹なら判るし」

虫の音が、ひときわ高く響いた。

「いい月だな」

真は云い、起き上がった。

「俺はちょっと外を歩いてくるから。おまえはついてくるなよ。先、寝てな」

偉そうにそう云うと、真は蚊帳をめくって出ていった。


蚊帳に透けて見える庭は暗く、日はまだ昇っていなかった。いつの間にか戻っていたらしい、真は布団から斜めにはみ出して、悟の布団に足を投げ出していた。帯がゆるみ、浴衣の前ははだけている。タオルケットは足元に丸まっていた。風邪ひくんじゃないかな、こいつ。夢うつつのまま、悟は思った。いくらなんでも早すぎる、もう一度寝なおそうと思いながら、少しずつ明るくなっていく庭を見ていた。

土間の方から、おんば様の声が聞こえた。悟は蚊帳から出て、板戸を開けた。おんば様は玄関前の土間で腰をかがめ、出かける支度をしているところだった。

「おや、おはようございます。早いの、悟ちゃ」

ことんもなげに、おんば様は云った。

「おはようございます……。って、いつもこんなに早いの、おんば様？」

「おつとめがあるでな。朝餉の支度は茅がしとるで」

おんば様を見送った後、悟は縁側から谷に昇る朝日を眺めた。山の緑は明るさを増し、朝日を浴びた空が次第に青く染まっていく。門の屋根も、槙の生け垣も、色あせた縁側の木目まで、目に映るなにもかもがあざやかだった。

囲炉裏のある居間にそっと足を踏み入れると、茅が土間で忙しく立ち働いているのが見えた。二つある竈には火が入り、鍋と釜がかかっている。実際に竈を使っているのを見るのは初めてだった。茅は、悟を一瞥するとすぐに、目を伏せた。何かをつぶやいたが、よく聞こえなかった。

「おはよう、ございます」

悟が口を開くと、小さな声で挨拶が返ってきた。釜や鍋が音を立て、ときおり薪がはぜる。湯気と火の匂いがただよう。窓からさしこむ朝日を受けて、茅の髪は金色に輝いていた。

「ええと。なんか手伝うことある？」

云ってしまってから、悟はちょっと焦った。

「ええよ。居間で待っとって」

「でも俺、することないし」

茅は、古びたかめからぬか漬けの茄子を取り出し、流しでざっと洗った。木のまな板にそれをのせ、大きな包丁で、手際よく切っていく。ぴんとのびた背すじが美しい。真さんは？　茅は、手元を見たまま、つぶやいた。

「あ、俺が起きた時は、まだ寝てた。すごい寝相だったけど」

茅は少し、笑ったようだった。

「さっき、玄関でおんば様に会ったけど、おつとめって何するの？」

「神社のお掃除。毎朝しとるで」

「ふうん。……じゃ、ほんとに神社って、ここからそんなに遠くないんだ」

会話を続けるのは難しかった。次に何を云えばいいのか、なかなか思いつかない。

「あのさあ、茅さんも鈴鳴らし、なんだよね」

「ん」

「俺、見てみたいんだけど、鈴鳴らすとこ」

「……えっとな、おんば様は、おえんて」

静かな口調で茅は云い、ややあってつけくわえた。

「人がいるとこで鈴鳴らしするのは構わんだけど、誰かに云われて鈴鳴らしを見せるのはおえんて。——鈴鳴らしは、こだまおろしの神事だで、見世物にするもんでないって」

「…………」

悟は天井を見上げた。予想はしていたけれど、そういうことか。それから、ふと、一昨日、母がつぶやいた言葉を思い出した。

預かり子なら、判るのよ。

「……じゃあ、ええと、夏は夜、月のころはさらなりって、ここだと何か、別の意味があるの？」

茅は首をかしげた。

「聞いたことあるだけど……、なに？」

「枕草子らしいけど、それじゃなくて」

悟が云い終わるより先に、茅の顔がぱっと輝いた。

「ああ、判った。かなえさの教科書に載っとったのだね」

かなえ姉がね、ここで教えてくれたのよ。母は確か、そう云った。

「……かなえって、誰？」

「真さんの、お父さのお姉さ」

「え？」

投げたボールが正面からではなく、横から返ってきた感じで、悟はめんくらった。それはもちろん、狭い村のつきあいだから、母が真の父親やその姉と知り合いでもおかしくはない。というよりむしろ当たり前だが、でもこれは偶然か？

「それ、たぶん、魂翔けのことだら。そんなな落書きがあったで」

「……たまがけ？」

悟は聞き返した。

ここに来てから、耳慣れない言葉をいくつも聞いたから、とても全部は覚えきれない。でもこれは聞いたことがある。昨日の夜、真に向かって、おんば様は確かそう呼んでいた。たまがけの御子が、何を云うだね、と。それを聞いて、悟は前日の、母の言葉を思い出したのだ。

おんば様、ゆんべ、たまがけできんかった。鈴鳴らしも、できんくなってた。

「あ、そっか。悟さは知らんだよね。……園子さが云ったん？」

「……うん」

ばつの悪い沈黙がそれに続いた。ええっと、いたたまれずに悟は云った。

「それって、聞いちゃ駄目なのかな。たまがけって、なに？　っていうか、俺、ほんとに何も知らないで、ここに来たんだよ。ここがどういう場所かも知らないんだって」

「駄目なことはないだけど……」

茅は云い、しばらくの間、黙りこんだ。

「んーとな、よそん人には、話しても、うまく伝わらんことが多いだよ。だもんで、おんば様もあんまり云わんな」

「御千木の人ならいいわけ?」

「そうじゃなくて……」

茅の言葉は、途中でとぎれた。悟の背後で、畳を踏む気配がした。

「……おはよ」

目をこすりながら、真が座敷から出てきた。浴衣の前ははだけ、髪は寝癖で飛びはねている。

「油断も隙もないのな。茅に近づくなって云ってるだろ」

半分目を閉じたまま云う。茅は安堵したようだった。

「おはよう、真さん。よう眠れたん?」

「——こいつと話すなって。云ったろ、茅」

「前がはだけとるに。おなか冷やすら」

真は、沓脱ぎ石の上に降りた。茅は真の前にしゃがむと、慣れた手つきで浴衣の前をあわせ、帯を結び直した。

「おんば様が戻ってきたら朝餉だで、ちょっと待っとって」

茅は云い、柔らかな笑顔で立ちあがった。真はその袖をつかむと、強引に茅をかがませた。首に腕をまわし、顔を近づける。目の前で何が起こったのか、悟はすぐには理解できなかった。

——生まれて初めて、キスシーンを目の前で見た。

そう思ったのはかなりたってからで、しばらくは頭が真っ白になった。真が腕を離すと、茅は笑って云った。

「ふざけとらんで、向こうで待っとって」

真はふざけたわけじゃない。俺に見せつけるために、わざとやったんだ。悟は思った。茅が勝手場に戻った後、真がきつい目で自分を見あげたことで、それは確信になった。真は六年生だと云っていた、まだ十二歳かそこらだ。

「なに、ほうけてんだよ。園子を起こしてくれば」

ようやく出た声は、自分でも情けないことにかすれていた。

「……おんば様が見たら、叱られるんじゃないの」

口にしてから、悟は後悔した。云い方が子供じみてる。

「怒られないよ。悟が同じことしたら、速攻で叩き出されるだろうけどさ」

思いもしないことを云われて、悟は二の句が継げなかった。真は真で、云った後で急に不安になったらしい。悟を見上げ、きつい声で云い渡した。

「それ以前に茅が嫌がるから。いいな、絶対やるなよ。茅は黙っていたりしないから、すぐばれるからな」

「……嫌がらなければいいわけ？」

悟は、真のさっきの行為について云ったつもりだったが、相手はそうは受け取らなかったらしい。激高した口調で叫んだ。

「嫌がるに決まってるだろ！　てめえ、もし茅に手え出したら……」

「真さん」

茅の声は穏やかだった。

「悪い言霊《ことだま》をまきちらさんといて。竈の神がお怒りになるに」

真はふてくされた顔で、上がり框《かまち》に腰を下ろした。悟は突っ立ったまま、立ち働く茅と真の背中を交互に見ていた。蟬の音と、竈で煮炊きする音が耳に響く。炊きあがる飯の匂いがする。

「あ」

真が大声を上げるまで、誰も口を開こうとしなかった。

「やばい。親父が来る」

悟は腰をかがめ、土間の勝手口にある窓から外をのぞきこんだ。ガラスの向こうに見えるのは、納屋の壁だけで、人の姿は見えない。

「どこに？」

「見えるほど、近くには来てないよ。——茅！」

茅はおたまを持ったまま、顔を向けた。

「どうしたん？」

「俺は隠れるから、適当にごまかしておいて。あと、メシ、取っておいてね！」

それだけ云うと、真は土間にある自分の靴をつかんで、北向きの濡れ縁から外へ飛び出して行った。

「……なに、あれ？」

「神主《かんぬ》さが来るんだら。真さんの見《み》は確かだで」

茅は云い、首をかしげた。

「おんば様と一緒だな。朝餉の支度が、間に合うといいだけど」

——超能力とか神秘体験などと呼ばれる現象の類いを、悟は根本的に信じていない。不可思議な現象は、それを不可思議なことに思いたいから、そう見えるだけであって、どれも本質的には常識と理屈で説明できると考えている。だから茅が鈴鳴らしを見せるのを断った時には、ああやっぱり、本当は違うんだなと思ってしまった。本人達に嘘をついているつもりはなくても、物理的に説明できる現象を、何かの力のあらわれのように思いこんでいるだけなのだろうと。

でも、こうも当たり前に、違う常識を見せつけられると、心が揺らぐ。

やがて引き戸を引く音とともに、おんば様の声が玄関から聞こえた。

「真ちゃ、真彦さがみえたに」

第三章

流れ落ちる滝を前にして、悟は大きく息を吐いた。駆け足で一度も止まることなく山道を降りてきたから、さすがに息が上がっている。先を行く茅は、草履でよくもと思うほど速く、最後にはついていくのに必死だった。

「……ほんとに、ここにいるの？」

河原を見回してから、悟は云った。茅は微笑んでふりかえった。

「ここにおるよ。神主《かんぬ》さでも、この先は行けんでね。祠には、女子供しか入れんことになっとるで」

とても神主には見えなかったあの父親が、そういう禁忌を気にするようには思えないけどな。息を整えながら、悟は思った。

日は高く、せせらぎは日ざしを浴びてきらきらと輝いている。滝壺の水は空を映し、水音が耳に優しかった。熊蟬の鳴き声は、朝から一時も途切れることはない。

「なんで、そいつまで連れてきたんだよ」

真の声がした。

蟬と水の音にかき消されて、はっきりとは聞こえなかったが、方角はたぶん滝か、その近くだ。悟の耳が正しかった証拠に、滝に向かって茅は叫んだ。

「遅くなってごめんなあ」

澄んだ声が、谷間に響く。はるかな高みから、水の流れは無数の白い糸と化してふりそそぎ、水面にしぶきを散らしている。その足元の岩場に、真は忽然と姿を現した。

予想はしていたものの、実際にそれを目の当たりにして、悟は驚いた。水面をひょいひょいと飛び跳ねて、真は川を渡ってくる。昨日、悟が試したように、それよりもずっと軽やかな足取りで。よっ、とかけ声をつけて、川辺に降りると、得意そうに笑い、茅を見上げた。

「なんで、おつとめに来るのに、こんなに時間がかかったんだ。こいつのせい?」

茅は笑って、かぶりをふった。

「悟さのせいじゃないに。真さんは、真彦さがいるうちは戻られんだろうと思って、先に俺の片づけやら、昼の支度やら、してたん」

「だからさ、掃除とかは、こいつに押しつければいいんだよ。居候なんだから」

真は云い、当たり前のように茅の手をとった。悟は苦笑した。

「ごめん。俺、勝手が判らないんで、役に立たなくって」

真ではなく、茅に向かって云う。そんなことないに、茅は云った。

「えーと、お座敷の片づけしてくれとったし、お風呂場のお掃除して、水張って、ああ、自分の洗濯物も」

「いや、あれは、俺、あの場にいたくなくて」

悟が正直に答えると、茅はくすくすと笑った。

「ごめんな、茅も苦手なん、あの人。だもんで、話さんで先に逃げた」

「親父のこと？」

真が口を挟んだ。きつい口調だった。

「なに？　あいつ、またなんか茅に云ったの」

「云っとらんよ。真さんが心配することはないだに。真彦さが心配されてるんは、真さんのことだけだで」

「ああいうのは、心配って云わないんだよ」

真は云い、握った手を引いて、茅を屈ませた。それから、もう片方の手をのばして、茅のうなじに回した。悟の心臓は、喉もと近くまで跳ね上がった。

抱っこをねだる小さな子供のように、真は茅に抱きついてぶらさがった。しばらくそうしていたが、それ以上何もせずに、茅から体を離した。

「……ああ、大丈夫みたいだな。みたまが落ち着いてる」

真はつぶやいた。それから、

「あのバカ、なんか云ってた？」

吐き捨てるように聞いた。茅は首をかしげ、静かに答えた。

「まあ、いつものことだで。連れ戻しに来ただね、真さんを。茅は黙っとったで平気だったが、悟さが気の毒だったん、あれこれ云われて」

「あー、もう、あいつ、どーにかなんねーかな」

真は云い、河原を蹴った。それから悟を見上げ、

「悪かったな。あいつ、陰険だから疲れただろ。なに云われたか知らないけど、気にしなくていいからな」

その云い方が妙におかしくて、悟は笑ってしまった。

「陰険かどうか知らないけど、変に威圧感はあったね。話し方は穏やかなんだけど、すごく声が通って、大きくって」

「変なんだよ。あいつ、変わりもんだもん」

真は再び河原を蹴った。小石が水面に音をたてて落ちる。それから、

「もう俺は、庵に帰らないからね。今日は一日、鈴鳴らしして遊ぶ。決めた」

茅を見上げて、きっぱりと云いきった。

「そういうと思っとったで、おにぎり作ってきたん」

茅は笑い、手にしていた風呂敷包みと水筒を、かかげて見せた。

「悟さと茅の分もあるに。おんば様には云っといたで、後は祠におってもええよって」

「……こいつもお？」

真は大仰な声を上げた。

「一人で、真彦さの相手じゃ気の毒だら。園子さは見とるで大丈夫だって、おんば様も云っとったし。悟さは昔、鈴鳴らしだったし、まだ大人じゃないで、祠にお参りしてもええと思うよ」

邪気のない笑顔で、あっさりと茅は云った。

「でも、こいつ、昨日、参道から流されてただろ。もう大きいし、お参りにはきついって」

「それは、真さんが、急に声かけたからだで」

茅は笑いながら云った。てことは、昨日見てたんだ、悟は思った。

「気をつければ、歩けると思うん。確かに、ちょっと大きいけど、まだ大丈夫だら。本当に駄目なら、参道は通れんから、帰ってもらうだけど」

まあね、憮然とした顔で、真は云い、悟の顔を見上げてから、つけくわえた。

「確かに、悟は清童だと思うけどね」

聞いたことがない言葉だったが、ほとんど直観的に悟は意味が判った、気がした。屈辱的な上に、当たっていたので、あえて気づかないふりをしたが。

「まあ、いっか。悟が参道を通れるか、試してみるか」

真は云い、茅の手を放して、河原から水底に沈む岩に飛び移った。

両脇に立ちはだかっていた岩壁が、不意にとぎれた。梢に縁取られた空が、目の前に広がった。悟は思わず、声を上げた。

「すっげえ」

注連縄《しめなわ》を張った大きな岩を中心に、小さな広場がそこにあった。四方はすっぽりと木立に囲まれ、その場所だけ周囲から切り離されて、空に浮かんでいるようだった。

「こんなとこに、こんな場所があるなんて、まず絶対判らないな」

あたりを見回しながら、悟はつぶやいた。だから禁足地なんだよ、真がいくぶん得意げに答えた。

「女子供じゃないと、絶対にここには入れないんだ。参道を見つけてもね、昨日の悟みたいに川に流されて終わりか、崖から足踏み外すことになってんの」

「……なってんの、って……」

「だから悟には無理じゃないかと思ったんだけど、案外あっさり来られちゃったな」

――確かにここまでの道のりは、ほとんどアスレチックコースだった。

悟が参道を通れるか、試してみるか。

そう云って、真は水中の岩に飛び乗った。そのまま来た時と同じように、流れに隠された道をたどって、滝に向かって歩いていった。川底に沈む大きな岩を選んで飛び移っているのだと判っても、川辺から見ていると、水面に浮いているように見えてしまう。まわりの水は青く、深さが見てとれるだけに、不思議な眺めだった。

「早く来いって」

滝の真下で、真はふりかえって叫んだ。と思う間もなく、次の瞬間、白い流れの向こうにかき消えてしまった。

「！」

悟は目をしばたたいた。ちゃんと目で追っていたのに、消えたようにしか見えなかった。茅はもう草履を手に、水面に立っている。慌てて靴を脱ぎ、それをつかんで、悟は裸足で後に続いた。

流れは速く、岩の感触はぬらりとして、足が滑る。水面に目を凝らしていても、次の足場を見極めるのは難しかった。風呂敷を抱えた茅はびっくりするほど身軽で、ちょっと先に立っては、あせらんでいいでね、と何度も悟に云った。先へ進むにつれ、その声もかき消されるほどに、どうどうと滝の音が耳に迫り、水しぶきが舞った。真夏でよかった、悟は思った。この暑さならすぐ乾くが、冬だったらレインコートが欲しい、絶対に。

滝の下の、先刻真が現れた岩場まで来て、ようやくからくりが見えた。川岸からは水しぶきで死角になるあたりに、横穴が穿《うが》たれている。天然の洞窟なのか、それに手を加えたのか、天井は低く、中腰にならないと歩けない。大きい、と真が云っていたのは、年齢ではなく体格だったらしく、無理をすれば通れないことはないが、茅の身長でもけっこうきついだろう。何度も頭をぶつけ、岩肌で肩をすりながら、ようやく外が見えた時には、ほっとしたあまり気がせいて、危うく前のめりに転ぶところだった。

乾いた場所を踏みしめると同時に、真夏の日ざしがふりそそいだ。こっちだって。真の声に、悟は頭上を振り仰ぎ、切り立った岩壁に、縁取りしたような細い道を見つけた。ジグザグにのびた道の途中から、真は悟を見下ろしている。気をつけてこいよ、道、細いから。云われなくても、二の足を踏むほど足元は狭かった。

途中から、山側だけではなく谷側にも岩肌が迫り、悟は自分の体形に感謝した。祠には、女子供しか入れんことになっとるで。茅がそう云った時、悟はそれをしきたりだと思ったのだが、たとえそれがなくても、大人の男がここを歩くのは難しいだろう。いっそ横になって歩こうかと思ったほど、道が狭くなった後、突然、目の前が開けた。岩肌に阻まれていた視界に、空の青さと木々の緑が広がった。悟は思わず叫んでいた。

「すっげえ」

ここが聖域だということは、悟にも感じとれた。草原の真ん中にだけ、地面が見える一画があり、その中央に注連縄を張った岩と、灰色の木肌の小さな祠が並んでいる。真と茅は祠の前で、悟が来るのを待っていた。

「まず最初に、お参りせんといかんでね」

茅は手にしてきた風呂敷をほどき、包んできた握り飯を丁寧に並べた。白いミニチュアのような皿には、米と塩が盛られている。変わっていたのは、祠の正面に鈴が吊るされていたことだった。注意してみたことはないから自信はないが、祠にはあまり鈴はついていなかった気がする。

「悟はさ、お参りの作法って、ちゃんと知ってる？」

真に聞かれて、悟は戸惑った。

「作法なんてあるの？　神社と一緒だろ。手を叩いて、お祈りして、終わり」

「あのな、二拝《にはい》二拍手《にはくしゅ》一拝《いっぱい》くらい云えよ。高校生のくせに」

言葉自体を知らないと云えば、母子ともども罵られそうだったので、悟は沈黙した。

「まず、鈴を鳴らすんだよ、——こんなふうに」

真の言葉が終わるか終わらないかのうちに、じゃん、と祠の鈴が鳴った。

「で、二回拝んで、二回手を打って、最後にもう一回頭を下げる——判った？」

云いながら、その通りの動作をやってみせる。が、悟は聞いてはいなかった。

「今の、今の、何やった？　どうやったんだ、今のが鈴鳴らし？」

真は上機嫌だった。

「そうだよ、こんなふうにって云ったろ」

「云ったけど、だけど、もっと先に予告しろよ。見そこねたじゃないか、鈴が鳴る瞬間」

「音は聞こえただろ」

楽しげに真は答えた。真は祠に手をふれなかったし、祠の鈴には、神社のような紐はもともとついていない。何か細工でもすれば別だろうが、そこまでやるほど真の性格が悪くは思えない。

「そりゃ聞こえたけどさ。ちょっと待てよ。もう一回」

「お参りの時に、何度も鈴を鳴らすのは駄目なんだよ。茅、やってみせなよ」

「鈴鳴らしは見世物じゃないに。おんば様がそう云っとるら」

困惑した顔の茅に向かって、真ははしゃいだ声をあげた。

「いいって、悟に手本を見せてやってよ」

茅は、いつもの癖らしく首をかしげていたが、祠に向き直った。再び鈴が鳴った。優雅に頭を下げ拍手《かしわで》を打つ姿を、悟は呆然と見ていた。真は声を上げて笑い出した。

「な、判っただろ？　次は悟だよ、同じようにやってみな」

「同じようにって、だって、どうやって鳴らせばいいんだよ？」

悟は聞き返した。きっと何かトリックがある。絶対に仕掛けがあるはずだ。そう思うのに、心のどこかでは全く逆のことを考えていた。

「簡単だよ、鳴らそうと思えばいいんだ。あんまり深く考えんな」

「――どっかの奇術師じゃないんだから」

「できるって。悟は小さいころやったはずなんだし」

「だから俺は、覚えてないんだって。見てたって、どうすればいいのか、判らな……」

云いかけて、自分でも嫌になった。悟は祠に向き直り、鈴を見た。見ていたが、鈴は鳴らなかった。なんだか馬鹿馬鹿しくなって二回手を打ち、深々と礼をした。最初の二拝を忘れていたことに気づいたが、そういえば今まで拍手を打つ前に、頭を下げたことがなかった気がする。

「簡略。これでいいだろ。茅、握り飯、もうおろしちゃっていい？」

動揺のあまり、さん付けするのを忘れた。自分がすごく無様な気がして、いたたまれなかった。

「ええと、祠にお参りするんは、鈴鳴らしでないとおえんで……」

茅が云いかけたちょうどその時、鈴が鳴った。悟は思わず、その場を飛びずさった。

「……ちょっと時間がかかったみたいだな。でもまあ、音は大きかったからいいか」

真は云った。茅はうなずくと、悟に笑いかけた。

「おにぎり、一個だけおろしていいに。真さんが、おなかすかしてるでね。あと、胡瓜も一本な」

茅が抱えてきた風呂敷の中身は、握りこぶしほどの大きさがある握り飯が四つ、胡瓜が十本くらい、後は、ビニールに入ったたくあんと、茄子と胡瓜のぬか漬けだった。水筒には香りづけ程度に薄めた梅ジュースを入れたらしい。ちょっとだけな、と云って、コップに注いで真に渡した。悟さと、茅は、昼にまた三人で食べような。

「あー、もう俺、おなかすいて倒れるかと思った」

祠から離れて、広場のところどころに隆起している岩の一つに腰を下ろすと、真は握り飯にかじりついた。それを見ながら、悟は聞いてみた。

「なあ、親父さんて、何してる人なわけ？　なんか地元の人っぽくないんだけど」

「こっちに住んでないもん。ずーっと単身赴任。厭味なくらい標準語しか話そうとしないだろ。普段は東京で、サラリーマンやってる」

なるほど、悟は思った。だから、ああいう人なんだ。


早朝の来客は長身痩軀で、悟の父親よりもずっと若かった。服装も、普通のサラリーマンが休みをすごす格好そのままだ。単純に真の父親とだけ聞いていたなら、予想通りだったかもしれないが、神主と聞いて袴姿を想像していた悟には意外だった。

「……こんにちは。……っと、おはようございます」

座敷で、悟は頭を下げた。寺外戸の、園子さんとこの子だで。おんば様が紹介した。男は、悟に軽く会釈を返した。

細面の、端正と云っていい顔立ちだった。眼鏡の奥の切れ長の目は確かに真に似ている。けれども悟が最初に感じたのは、漠然とした違和感だった。

「真は？」

返事に窮して、悟は勝手場にいる茅に目をやった。茅、おんば様が呼びかけると、真さんは外に出とる、茅は勝手場から動かずに答えた。

「立ち話もなんだで、あがって朝餉にしよまい。真彦さは、朝餉はすんどるだか」

「ああ、構わないでいいよ。どうせ真は、そのあたりに隠れてるんだろ」

不自然なほどよく通る声で、真の父親はそう云った。悟は再度、茅を見てしまったが、彼女はまな板に視線を落としたままだった。

朝餉の間、真彦は湯呑みを手に囲炉裏端に座り、ただ一人雄弁だった。言葉遣いは丁寧だし、口調も穏やかなのだが、あまりにも朗々と響くその声に気圧されてしまい、悟はほとんど何も話さずにいた。茅はもっと極端で、真彦とは一切目を合わせず、一言も口をきかず、膳に手をつけようとしなかった。

「人の家の子供は、あっという間に大きくなるな。私は、君が小学生ぐらいまでは、夏のお祭りで見かけたので覚えているんだが、君は覚えてないだろうね」

「……はあ」

御千木の夏のお祭りは、悟が小学生の頃までは一家の年中行事のひとつだった。数えるほどの世帯数しかない御千木では、お祭りと云っても町内会の催し程度のものだが、神社で子供に配られる駄菓子や、茶碗で飲む、米の原形が残る米麴《こめこうじ》の浮いた甘酒、籤《くじ》入りの餅投げは、御千木にしかない楽しみだった。中学に上がってからは一度も出ていない。部活の練習があるからというのは口実で、あれはあくまで子供と年寄りの為のお祭りだった。

「今年のお祭りでは顔を見なかったな。園子さんは、おばあさんや兄さん夫婦の家族と一緒に来ていたが」

「俺はばあちゃん……、祖母の家にいたんで。従兄たちもいなかったし」

伯父夫婦の三人の子供のうち、一番末の従兄は悟より二歳年上で、大学生になったばかりだ。夏休みで下宿から帰ってきてはいるが、高校時代の友達と遊び歩いてばかりで、ほとんど家にいないと伯母が嘆いていた。真ん中のその姉は、社会人になると同時に一人暮らしを始め、実家には早い夏休みに一度、顔を出したきりらしい。結局、祭りの日に顔を出したのは、長男夫妻だけで、それも生まれたばかりの息子を見せるのが目的だったのだろう。

人の家の子供は、あっという間に大きくなる。悟はその言葉を、胸中でくりかえした。母は心のどこかで、従兄たちが悟と一緒に遊んでいた頃の、子供のままのように思っていたらしかった。

「まあ、高校生にもなると、出ても面白くはないだろうね。それでお祭りの後、そのままここへ来たわけか」

「……そうです」

実家に泊まるつもりだったで、着替えは持ってきたに。

最初の夜の、母の言葉を思い出した。たぶんあれは嘘ではなく、母は本当に実家に泊まるつもりで家を出たのだろう。だが初孫を抱いて喜ぶ伯父たちを見て、悟は思った。母もたぶん、同じことを感じただろう、ここはもう伯父の子供たちが帰ってくる場所であって、母が帰る家ではないのだと。

「久しぶりの里帰りで疲れたのかな。体調を崩して、休んでいると聞いたが」

「……はい」

「ここじゃまともな薬もないし、ただ寝ているくらいしかできないよ。早く帰らないとお父さんも心配するんじゃないか」

「いや……、その、疲れが出ただけだと思うし、単に捻挫と夏風邪だから……。俺はまだ夏休みだし、親父も仕事あるから」

「優しいんだな。高校生ともなると、男の子はもっと母親に対して、冷たいもんだと思ったよ」

耳朶《じだ》が熱くなった。茶碗を持ったまま、悟は顔を上げられなかった。

「真彦さだって、別におっかさを邪険にしちょったわけじゃないら。なんでそんな云い方するだね」

おんば様が云った。真彦は薄く笑った。

「母は邪険にされたと思ってるみたいだよ。私は中学を出てすぐに、家を出たから」

「――それは仕方ないじゃろ。真彦さは勉強がようできたし、ここからじゃ学校に通うのが大変だったで」

「他の学校を選べば、通えないことはなかったけどね。私が御千木にいたくなかっただけで」

その時になってようやく、悟は自分が感じていた違和感が何か判った。

茅やおんば様に比べれば、真は標準語に近い喋り方をするが、それでもイントネーションには御千木の癖が出る。父親にはそれがない。日に焼けていない肌、細いフレームの眼鏡、靴下に入った海外ブランドのロゴ。そういった全てが御千木よりも都会を思わせ、だからここでは異質に見えたのだ。

真の父親は。握り飯を頬ばる真を見ながら、悟は思った。御千木の神主なのに、故郷を疎んじているように見えた。


「……じゃあさ、真の親父さんはサラリーマンしながら、神主の仕事してるんだ？」

悟の問いに、真はかぶりをふった。口の中が一杯で、すぐには話せないらしい。充分に口の中のものを嚙みしめ、用心深く飲みこんでから、答えた。

「正確には、親父は神主じゃないんだよ。じーちゃんが神主だったから、お祭りで代理で真似ごとしたり、神社の管理してるけど、本当はヤミ神主。資格持ってないから」

「ええ？　神主って資格いるの？」

「当たり前だろ。おっさまや教師だって、免許いるじゃん」

お坊さんではなく、おっさまというあたり、真はやはり御千木の子供だ。

「まあ御千木の神社が祀っているのは産土神《うぶすながみ》だから。八幡様みたいなのとは違うからね」

「ふうん」

悟はうなずいたが、正直なところ、うぶすながみが何なのか知らなかった。

「本殿に御仕えするのは、神主とおんば様だけ。預かり子は、ここの磐座《いわくら》に御仕えする。あの注連縄張った岩と祠だよ」

指に付いた米粒を一つ一つ、ついばむようになめてから、真は云った。

「悟、手を広げて、後ろに倒れてみ」

「え？　なんで」

「いーから考えないで、そこに寝ろって」

そう云うと、真は立ち上がって、悟の肩を手で押した。草原に座っていた悟は、簡単に後ろへ倒れてしまった。

「おいっ」

起き上がろうとした悟の額を、真は指で押さえた。

「腕のばしてみな、空見て」

真の肩越しに、入道雲の浮かぶ空が見える。悟は云われた通り、両腕をのばした。いいな、そのままちょっと寝てろよ。真は云い、額から指を離した。視界から真の姿が消え、後は空と、木々の気配だけが残った。

そらがあおい。

日ざしがまぶしくて、悟は目をつぶった。風が強い。梢がざわめく。不意に、何か大きな風のようなものが、体を満たして通り過ぎていく感じがした。

同時に、祠の鈴が鳴った。悟は驚いて起き上がったが、真は笑い声を上げた。

「あー、できた、できた。悟、今、魂振《たまぶ》りしたんだよ」

「たまぶり？」

「鈴鳴らしとおんなじ意味だけどね。こだまがおりたの、自分で判った？」

「こだまって？」

「ここに祀られている神様のこと。ああ、キツネ憑きみたいなのとは違うから安心しな」

「……全然、意味がわかんないんだけど」

悟はあたりを見回した。鈴が鳴る直前、ふわっと体に何かが満ちた感触は覚えている。あれがこだま？　たまぶりした？

「信じないって顔してるな。面白くなかった？」

「面白いも何も、俺、何もしてないもん」

悟は答えた。さっきのあれが鈴鳴らしなら、じゃあその前に、お参りしたときに鳴ったのはなんなんだ？

「風じゃないよ。地下水とか、地面の震動でもない。今、そーいうこと、考えただろ」

図星だった。

「祠のそばに立ってみなよ。風が吹いても吹かなくても、鈴が鳴るときとは全然関係ないから」

悟は立ち上がって、祠に近づいた。広場はゆるやかな斜面になっていて、岩と祠のまわりだけ、あたりより高くなっている。四方に広がる景色に、立っている場所の高さが実感できた。風が強い。

頬は風を感じるのに、鈴の鳴る気配はなかった。悟はかがみこんで、祠をのぞきこんだ。鈴色の鈴は、祠には不似合いなほど大きい。たぶん最初からついていたのではなく、後から取り付けたものなのだろう。

不意に、鈴の音が耳を打った。悟はぎょっとして、その場を飛びずさった。同時に、真の笑い声が響いた。

「な？　驚いた？　おもしろいだろ。本殿の鈴はもっとでかいし、音も大きいから、まわりがみんなたまげて、おもしろいぜ」

真は満面の笑みで駆けよってくる。何か、ちゃんと理由があるはずだ。物理的に納得できるような。何か超自然的な力が働いて、鈴が鳴っているとは思えなかった。

「つまんなそうだな。俺のお宮参りのときには、本殿の鈴を鳴らして、悟は手を叩いて喜んでたって聞いたのに」

「だから、同じこと何度も云わせるなって。俺は覚えてないんだから」

もう一度、祠の鈴を見た。これは放っておけば、一定の間隔で鳴るんじゃないか？

真と茅がお参りしたときに、タイミングよく鳴ったのが不可解だけれど、何度もここに来ていれば、気配が事前に読めるのかもしれない。それを意識してやっているのか、無自覚なのかは別にして。

「疑ってる、疑ってる。そんなだと、こだまはおりないって」

真は云い、じゃあ、こっち、と注連縄を張った岩の方へ歩きだした。黒々とした岩はかなり大きく、悟の肩くらいの高さがある。反対側に回ると、真の姿はすっぽり隠れて見えなくなった。

「云い伝えではさ、昔はここで子供たちが輪になって踊って、ご神託を受けたんだって」

「ふうん」

それって集団トランス状態じゃないかと思ったが、口にしない程度の分別はあった。

「そっちから俺が見える?」

「いや、見えないけど」

「じゃあね、そこでいいや。そこに立ってて。動くなよ」

真が云い終わると同時に、ぱん、と何かが体を打った。悟は目をしばたたいた。痛くはなかったが、空気の塊がぶつかったような、目に見えない手のひらで挟み撃ちにあったような、奇妙な感触だった。

「わかった?」

高い声で真が叫ぶ。何がだよ、悟は戸惑いながら、云い返した。今、感じた何かが、自分を包んでいるのを感じる。水面が手のひらに張りつくみたいに。

「じゃ、鈴鳴らししてみな。祠を見るだけでいいから」

ほとんど同時に、背後で鈴の音が鳴り響いた。悟はふりかえってもいなかった。けれど、さっき感じていた何かが、瞬時に自分から消えうせたのには気づいていた。

「うまい、うまい。悟、コツつかむの、早いな」

岩の陰から、真が顔を出した。

「今のは、わかっただろ。あれがこだまだよ。俺がたまおろしして、悟に渡したの」

「……ええっと、今のって、気功みたいなもん？」

「気功が何だか知らないもん。どっちかってーと落雷みたいなもんだよ。こだまが雷で、俺と悟は避雷針」

「余計わかんないって」

再び、鈴が鳴った。それが合図だったかのように、それまで黙って二人を見ていた茅が、立ち上がった。

「さあ、そろそろお庭の手入れを始めるに。お昼前には終わらせるで」

茅が、お庭と呼んだのは、祠と磐座を含める、この広場全体のことらしかった。木立の一画に、板きれで作ったような傾いた物置があり、熊手や竹ぼうき、小さな鎌、御千木ではぼうらと呼ぶ、紐で腰に巻いて使う編籠が置いてあった。悟は、二人に云われたとおり、丈の伸びた雑草を引き抜き、病葉《わくらば》や蝉の抜け殻や死骸を集めた。

あの変な感覚、濃度の違う空気が自分を包むような、両足が浮き立つような感じは、ときおり前触れもなくやってきた。悟はその度、真たちにばれないように、こっそり鈴鳴らしを試してみた。結果は、自分では判断できなかった。狙った通りのタイミングで鳴るときもあったし、全く鳴らない場合もあった。むしろ悟の思惑とは関係なく、鳴ることの方が多かった。音もそのつど強弱が違う。真も茅も慣れているらしく、いちいち気にかけてはいないようだった。

ひときわ派手だったのは、悟が木立の方へ雑草を捨てに行った時だ。かすかに草むらがざわめき、何かがうごめく気配がした。足元を見下ろした悟は、つま先のすぐ近くで、楕円形の小さな頭と、足のない胴を見た。

「うわあっ」

悲鳴をあげて飛びのいた、つもりが、足元がもつれて、悟はその場に尻餅をついた。同時に鈴の音が鳴り響いた。

その音はそれまでで一番大きく、祠の鈴とは思えないほどだった。座りこんだ悟のわきを、親指よりもやや太い焦げ茶の紐が、何度か身をくねらせながら、草むらへ消えていった。

「どうしたんー?」

離れた場所から、茅が呼びかける声が聞こえた。

「へびっ」

思わず叫んでから、さすがに自分が情けなくなって、

「なんでもない、蛇！　蛇が出ただけ！　あー、……びっくりした」

取り繕ったにもかかわらず、はじけるように、真は笑い出した。

「なんだよ、そんなにでけえ癖に、蛇がこわいの？」

云いながら、はずむような足取りで、駆けよってくる。悟は立ち上がって、ジーンズの尻を払った。

「大丈夫だって。ヤマカガシか青大将だろ？　このあたりは、あんまりマムシは出ないからさ。出ても匂いですぐ判るし」

「おいっ」

ぎょっとして悟は叫んだが、真は面白がっている口ぶりで続けた。

「あ、もしかして、悟、まだ見てない？　俺の納屋に、目え開いたマムシが二匹入った一升瓶、置いてあるの。あれって昔、俺に出てきたのを、捕まえたんだってよ」

「……いい。見たくない」

「そっかあ？　天然マムシ酒なんて、めったに見られないって。二匹とも、こう、くわっと口開いて、牙がすごくてさあ」

楽しげな真の声と、蟬の音にまじって、鈴の音が響く。何度も、何度も、くりかえし鈴は鳴っていた。茅は広場の中央に立ち、わずかに首をかしげて、悟たちを見ている。

鈴の音は、彼女の背後から響いていた。大きかったり、小さかったり、短かったり、長

かったり……、一つの鈴から響くとは思えない、様々な音色で。

「ほら、あっちに屋根が見えるのが庵。向こう側のあのあたりが今の本殿、村は本殿から向こうの方角だよ。でもって、もともとの本殿は庵を挟んで村のこっち側、ちょっと空き地になってるところがあるの、見える？　火事で焼けちゃったけど、昔はあそこに大きな修験道のお寺があったんだって」

「お寺？　神社じゃなくって？」

悟は聞き返した。三人は祠を囲む木立の先にある、谷に突き出した大岩に立っていた。涼しいから昼飯はそこで食べたいと、真が云い張ったのだ。はるか下では、小川の流れが一筋の白色を描いている。庵の屋根は対岸にあり、すぐに見つけられたが、今の本殿は山の陰になって、真の指す方角を見ても、どこにあるのか判らなかった。村落の屋根を見て、ようやく見当がついたぐらいだ。思いのほか村が近いのを見て、悟は拍子抜けした。もっと山奥へ連れて来られたのかと思っていた。

「昔は神社も仏閣も一緒にあったからさ。庵はもともとは、その宿坊かなんかだったらしいよ。でも火事の後、お寺は廃寺になっちゃって、それでもちょっと前までは、あっちまで道が通っていたんだけど、土砂崩れで埋まっちゃったんだって。園子が車停めたのって、そのあたりじゃない？」

「たぶんね」

だとすると母はずいぶん大回りして、庵に入ったことになる。村から直接来なかったのは、車の置き場所を人目につかないところにするためか、祖母や伯父に庵にいることを悟られないようにするためか、たぶんその両方だろう。

「ああ、親父の奴、まだいるなあ……。帰れよ、さっさと」

「この距離で、なんで判るんだよ。ここからじゃ見えないだろ」

「見えないよ。でもいるかどうかは判るよ、判るよな、茅」

真がふりかえると、茅は小さくうなずいた。

「けど、まさか、ずーっとここに隠れてるつもりじゃないだろ。なんで親父から逃げてるんだ?」

俺の方角をにらんだまま、真は答えた。

「見つかったら、腕ずくで家に連れ戻されるもん。あいつ、俺が庵に来るの、嫌がるからさ。普段はごまかしてるんだけど、今回は連絡なしで泊まっちゃったから、弁解の余地なしだな」

「……当たり前だろ、それは。小学生の子供が勝手に外泊して、平気でいる親の方がおかしいって」

「そりゃあ、悟くらい背があれば、俺だって全然平気だけどさ」

真は云い返した。

「あいつ、がんっがん殴るんだもん。俺、まだチビっちゃいからさ。殴られても殴り返せないんだよ、リーチの差がありすぎて。俺は慣れてるからいいけど、茅やおんば様が見ると怖がるだろ。前に妹が泣き出しちゃったから、最近は家じゃ殴らなくなったんだけど」

慣れの問題ではないと思うが、それを口にすると茶々を入れたと取られそうなので、悟は黙っていた。代わりに、

「……しょっちゅう殴られるの？」

場合によっては、あまり返事を聞きたくないことを聞いた。

「虐待とか想像してるなら、そーいうのじゃないよ」

真の口調は明るかった。耳元で風が鳴った。

「親父が殴るのは、俺が庵に行きたがる時だけ。あいつ、自制心が飛んじゃうんだよ」

「神主なのに？」

「ヤミ神主だって。本人は、神職にも神仏にも敬意を払ってないもん。意味ないよ」

身も蓋も無い云い方だったが、悟は納得してしまった。確かに、御千木にいたくなかっただけで、とは、土地の神様に仕える人間の台詞ではないだろう。

「おんば様が云うにはさ、親父の姉さんが預かり子だったから、俺が庵に関わると、それを思い出して嫌なんだろう、って」

「親父の姉さんって、……かなえって人？」

「ああ、うん」

真はうなずいてから、詰問調になった。

「なに？　園子、悟に、なんか話したのか」

「いや、かなえ姉に枕草子がどうのとか云ってただけ。名前しか云わなかったからね、真の親父の姉さんだってのも、後で聞いて知ったくらい。……身内が預かり子って、思い出したくないことなわけ？」

悟は聞き返した。

「そーいうわけでもないと思うんだけどね。俺にもよくわかんない」

真は云い、足元に目をやった。

「なあ、さっきから気になってるんだけど……、あれ、靴じゃないの」

悟はつられて、崖下をのぞきこんだ。悟たちのいる岩から、数メートル下の突き出た岩場に、枯れ葉やつる草と一緒になって、見覚えのある革靴が落ちていた。

「あれ、園子の？　土間に片方だけあった靴と似てる」

「多分そうだよ。……なんであんなとこに」

崖下から吹く風は強かった。靴があそこにあるということは、母は多分ここに来たんだ。夜中に、たった一人で。

「真？」

岩場から真が下へ降りようとしているのを見て、悟は慌てた。

「いいよ、取りに行かなくても。つーか危ない、行くなって」

「大丈夫だって」

云いながら、真は窪みに足をかけ、器用に崖を降りていった。悟は茅を見た。

「止めてよ、危ないって」

「大丈夫だら、いつもやっとるで」

茅は笑った。確かに、足がかりになりそうな窪みや出っ張りはあるが、悟が立っている場所からはほとんど垂直に見える。足を踏み外したら最後、谷底まで真っ逆さまだと思うと、見ている方が気が気ではなかった。悟の心配をよそに、真は岩場まで無事たどり着くと、靴を拾い上げ、悟と茅に向かって、片腕を突き上げて見せた。

「判った、判ったから、早く戻って来いって」

「投げるから、受け取れよ」

真が叫ぶのとほぼ同時に、靴が飛んできた。距離が足りず、悟は岩場から手を伸ばして、かろうじて靴をつかんだ。後一歩遅かったら、そのまま谷底まで落としてしまうところだった。

「危ねーって、だから」

「靴持っててはあがってこられんでね、落とさんでよかったな」

笑いながら茅が云う。持ってなくたって危ないよ、悟は云い、崖をよじ登ってくる真を、はらはらしながら見守った。真は危なげなく岩場まで登り切ると、得意げにVサインを作って見せた。

「別に、靴なんかよかったのに」

「それが苦労して、取りにいった相手に云う台詞か。先に礼云えよ、礼」

「ああ、ごめん。ありがと、悪かったな」

素直に礼を云うと、真は得意げに云いそえた。

「これで園子の足が治ったら、すぐ帰れるだろ。草履じゃ運転危ないからな」

「……そうだね」

靴は砂ぼこりをかぶって汚れていたが、履くのに支障はなさそうだった。母は自分がどこに落としたのかも気づいていないようだったから、ここに来たことにも意味はないのかもしれない。意味はないのだと、悟は思いたかった。落ちたのが靴だけでよかったと。

「茅、やっぱ、もう一本、胡瓜くれ。握り飯一個じゃ足りない」

真があまりに腹がへったと騒ぐので、悟は自分の胡瓜とたくあんを礼代りに譲ってやった。じゃ、悟には茄子のぬか漬けやるよ。どうもよっぽど、茄子は嫌いらしい。

「春ならいたどりとか野苺とか、もうちょっとしたら椎の実とかなつめとかあけびとかあるんだけど、今ってこのあたり、食うもんないんだよな」

音をたてて胡瓜を噛み砕きながら、真は云い、さっき園子の靴が落ちてたあたりな、あの辺によくあけびがなってるんで、取りに行くの慣れてるんだよ、とつけたした。

「そんなに腹がすいてるんなら、今のうちに自分の家に戻って食べておけば？　インスタント食品とかお菓子くらいなら、持ち出せるんじゃないの」

「その間、茅のそばに悟がいると思ったら、のんびり飯なんて食ってられないって」

——だからさあ、悟は云った。

「いったい俺が、何するって云うんだ。他人をみんな、自分と一緒に思うなよ」

「よく云うよ、ずーっと茅ばっかり見てるくせに。ばれてないと思ってんの?」

「……あのなあ」

情けないことに、悟はそう云うのが精一杯だった。

「茅は俺のだからね。手を出すなよ」

「それはもう、何度も聞いたって」

握り飯を全てたいらげると、真は岩の上に横になった。いつの間にか、茅の作務衣の裾を握りしめている。よほど寝相に自信があるのか、豪胆なのか、下手に寝返りを打ったらそのまま谷底へ落ちかねない場所で、すぐに寝息を立てはじめた。

「……すごいね」

悟はつぶやいた。

「真がさ。あんな風に、俺のだとか云えないよ、普通は」

茅は首をかしげて、悟を見た。

「俺は、絶対云えないいな」

「……真さんは、うんと小さな時から、茅を知ってるから」

真の寝顔に視線を落とし、静かな声で茅はつぶやいた。

「小さい頃から云ってるから、ずっとそれの続きだから」

「十二歳にもなって、続きってことはないと思うよ」

悟は云った。それから、

「なんで昨日、最初は、全然話さなかったの？」

「え」

「ずっと首ふるだけで、話そうとしなかっただろ。……俺、無視されてるのかと思った」

あ、それは。茅は云い、ちょっと笑った。

「真さんのこと三年生とか云うから。六年生なのに。茅の年聞かれて答えんかったのはねえ、……知らんの」

「知らない？」

「俺に連れてこられた時は、七歳だったらしいだけどね。それも、おんば様がそう聞いただけで、証拠もないし、ちゃんと年数えてないで、今いくつか判らんの。……がんばって、数えれば判ると思うだけど」

「……って、だって学校は？」

「行っとらんの。おんば様が、文字や算数は教えてくれただけど、だから他の人が普通に知ってることを知らんて、真さんは云うな」

「それって、法律にひっかかるんじゃ……」

「かもしれんな。だから悟さは、よその人に、茅や庵のこと云ったらおえんよ。おんば様が困るでね」

悟から目をそらし、茅は続けた。

「真彦さも、おんなじこと云ってな、このまま庵においとったらおえんって、外に知られたら問題になるって、何度も、施設とかに、茅を入れようとしたん。でも、おんば様は、茅のお母さが連れにくる云うとったでって、真彦さを泣いて止めて、だから茅はずっと庵におれたん」

「………」

「でももう誰か連れに来ても、茅は庵を出んだけどね。おんば様を一人にするわけにはいかんで」

それ以上は、聞いてはいけない気がした。ただ今朝、茅がかたくなに、真彦と目を合わせようとしなかった理由は、判った。

「……俺みたいな奴は、けっこう来るの?」

ややあって、悟は云った。茅はまた首をかしげた。悟は云い直した。

「母さんみたいに、昔ここに預けられた子や、その家族が来ることは、今まであった?」

「いろいろだで、なんとも云えんな。……でも、おったと思うよ。よそん人とは、あんま話さんようにしとるで、判らんけど」

なんで？　と、悟が聞くよりも先に、茅は自分でつけたした。

「よそん人は、慣れんうちは怖いん。どんなな人か、判らんで」

「……怖いって、誰かに、何かされたの？」

云ってしまってから、悟は失言に気づいたが遅かった。

「あ、ごめん。……ええと、嫌だったら、答えなくていい――」

「されとらんよ」

悟が云い終わるより早く、茅は答えた。

「ここへ来てからは、なんもされとらん。ここはこだまが降りる場所だで、悪い人は近寄れんでね」

おんば様はそう云ったん。自分に云い聞かせるように、茅はつぶやいた。

「……でも庵に来るまでは、小さい頃な、怖いことがいろいろあったたん。そんなな目に、またあうのは嫌だでね」

その、怖いこと、を聞きたいとは、悟は思わなかった。もっと他のことを聞きたかった。例えば、普段はどんな風に生活しているのかとか、突然やってきた自分たちをどう思ってるのかとか、そんなことだ。でもそれをうまく云うのは難しくて、茅が云いたくないことにふれてしまいそうで、口ごもるしかなかった。

鳶の鳴き声が、谷に響いた。悟は頭上を見上げ、円を描く影を見つけた。雲はまだ、夏の形をしている。何度か谷を旋回すると、鳶は庵の方角に飛んでいった。

夕刻が近づくころ、悟は一人で庵に戻った。

真の父親は、縁側に腰掛けて夕映えの広がる庭を見ていた。悟は小さく頭を下げた。

「おかえり。真と茅は？　一緒じゃないんだな」

「真は、お父さんがいるからここには帰らないって。直接家に帰るって、云ってました」

自分でも、棒読みの台詞だと思った。真の父親は、笑ったようだった。

「君はあんまり嘘がうまくないね。真がそう云えと云ったのか」

庭は、蜩の音で満ちていた。庭の熱も、空の明るさも、少しずつ失われていくのを感じる。

「そう身構えなくてもいいよ。私は君のお母さんを、子供の頃から知っているんだ。この預かり子だった頃からね。――その話は聞いたかい？」

悟は首をふった。今朝がた出会ったときにも感じたが、この人の話し方は苦手だった。口調は穏やかでも、威圧的な感じがする。

「じゃあ別に、園子は昔を懐かしんで、庵に顔を出したというわけじゃないんだな」

母親を呼び捨てにされて、悟は自分でも驚くほど、ショックを受けた。親しみから出た言葉ではない。話し方は丁寧だが、真彦の口調にはあたたかみを感じなかった。

「なんでお母さんがここへ来たのか、理由を聞いてみたかい。君は高校生だろう、いつまでもここにいるわけにはいかないはずだ」

「……始業式には、まだ日があるから」

「お父さんはそれでいいのかな」

沈黙がおりた。聞かれて嫌なことには答えない方がいいと、悟は既に学んでいた。真彦はあからさまに嘆息した。

「——やっぱりそういうことか」

蔑むような云い方だった。

「園子の云い方からして、そんなことだろうと思っていた。——家庭でもめて、実家に戻ろうとしたができなくて、最後の手段で、俺に逃げこんだってわけだ」

悟は、手にしていた母の靴を握りしめた。

「鈴鳴らしを見たかい。真のことだ、きっと得意がってやってみせたと思うが」

あいつ、変わりもんだもん。真の声が耳によみがえった。

「本当は、あれができたからって、何の問題もないんだよ。御千木の子供のほとんどが、同じことができる。……いや、たぶん、御千木に限らず、たいがいの子供ができるんだ。その中であえて鈴鳴らしと呼ばれて、俺に預けられるのはほんの数人だ。……単なる名目なんだよ、家族から離してここへ預けるための。私の姉がそうだった」

独り言のような話し方だった。

「真や園子が、どんな風に君に話したか知らないが、要するにここは駆込寺みたいなものなんだよ。家族や社会から逃げてきた女子供のためのね。だから園子がここへ来たと聞いた時に、何かあったのだろうとすぐに思った。園子が子供の時分なら、それも許されただろうが、今の御千木の世帯数では、庵の食いぶちを増やす余裕はない。ここの生活は、村の供物によって、まかなわれているんだ。君が今朝口にした食べ物も、茅やおんば様の衣服も、すべて村のものだ」

真彦は縁側から立ち上がった。

「はっきり云うが、君たち親子に、ここに居着かれては困るんだ。ここ十年で、御千木の世帯数は半分に減った。近隣に仕事の口はないし、農業で食えるほどの収穫もない土地だからね。今更おんば様を追い出すつもりはないし、茅はまあ、ああいう子供だから仕方がない。村の人間もそれは黙認している。だがこれ以上、庵に人を住まわせる余裕はない」

悟は相手を見つめた。たいして身長差はないはずなのに、真の父親は実際以上に大きく見えた。

「とにかく、できるだけ早くここを出ていってくれ、できれば今日にでも。いつまでもここに居座るようなら、寺外戸に連絡して、園子を引き取りに来てもらう。それでいいか」

「母の具合がよくなったら、ちゃんと帰ります」

悟は云い返した。

「母は捻挫してるし、体調崩してるんです。よくなったら、ちゃんと帰ります。俺は一人じゃ、ここから帰れないし」

「——なんなら、君一人でも家に帰ればいいだろう。園子のことは、寺外戸に任せる」

悟は言葉を失った。ここへ来るまで、母のことを全く負担に思っていなかったと云えば嘘になる。だが今の状態の母を置き去りにできるほど、悟は薄情な息子ではないつもりだった。

「……あなたは、神主だって聞いたけど」

「正確には違うよ。祭りの時に、神事の真似ごとをするだけで、資格も持っていないし、取る気もないしね。私は単なる会社員で、宗教家でも、慈善家でもないんだ。俺と神社の単なる管理人に過ぎない。だから君には悪いが、君たち親子のことより、息子の心配をしている。君が茅のそばにいる限り、真は家には帰ろうとしないだろうからね」

「…………」

「真はまだ祠にいるのか？」

「知りません」

悟は云い捨てた。真の父親がわきを通り過ぎ、門の外へ出て行くのを、ただ突っ立って見送った。

「悟」

細い声が、板戸の向こうから聞こえた。

「──大丈夫？」

悟は庭に立ったまま、座敷に向かって声をかけた。返事が返ってくるまでに、間があった。

「……さすがにちょっと、参っちゃったけど……。あの人が云ったことは、気にしなくていいわよ。あの人は、私に聞かせるために、云っていたんだから」

悟は縁側から座敷に上がり、板戸の前に腰を下ろした。

「寺外戸に知らせるって本気かな。母さん、ばあちゃんたちに知られたくないんだろ」

「……本当は、お祭りの時に話すつもりだったんだけどね。……おばあちゃん、今これ以上心配させてもかわいそうだから……」

板戸越しの声は切れ切れで、聞き取りにくかった。悟は板戸に寄りかかって、縁側を眺めた。庇《ひさし》と柱を黒い額縁に、障子で切り取られた庭は、あかね色にそまっていた。

「──母さんの靴、見つけたよ。祠の近くの崖に落ちてた」

悟は云った。

「真がさ、これで母さんの足が治ったら、帰れるだろって。すごいんだよ、あいつ。崖降りて母さんの靴、取りにいっちゃったんだ。俺は、別にいいよって云ったのに。落ちたらどうしようかって、ひやひやしたよ」

ありがと、母はつぶやいた。

「普通、靴届けるのって、息子じゃなくて、王子じゃなかったっけ」

笑わせるために云ったはずなのに、どうしてこんなに悲しいんだろう。

革靴はまだ握ったままだった。砂ぼこりでよごれたそれは、つま先の革がけば立ち、かかとは見て判るほどすり減っていた。もともと安物で、長く履いているからと知っていても、だからこそ余計に悲しかった。

第四章

谷に昇る満月は、驚くほど赤く大きく見えた。少しずつ数を増やし始めた星の下、真は岩に腰掛けて、せせらぎに落ちる滝を見ていた。あたりを包む薄明が、次第に宵闇に変わっていく。昼は蟬時雨に包まれていた谷に、虫の音がこだましていた。

「なんだ、来たんだ」

真の言葉に、悟は苦笑した。

「門のとこで、茅とすれ違ったよ。日が暮れるから、おんば様が迎えに行ってくれって。真彦さんは家に帰すからってさ。そんなこと云っても、あの人、絶対帰らないと思うんだけど」

「帰るよ、帰んなきゃいけないんだよ。いくらあいつがヤミ神主でもね。そーいう決まりなんだから」

「決まりって」

「御千木の庵には、大人の男は昼間しかいちゃいけないの。日が沈んだら、帰らなくちゃいけない決まりなんだよ。たとえそれが預かり子の親だろうが、逃げ女の亭主だろうが、絶対にね」

「……俺はいいわけ?」

「悟は鈴鳴らしだし、子供だからね。あ、年齢のこと、云ってるんじゃないよ」

どういう意味かはなんとなく察したが、藪蛇になるので聞き流すことにした。

「でも、そーいうの、ちゃんと守るんだな」

悟は云った。

「真の親父さんて、そーいうの無視する人かと思ってた。しきたりとかって、守らない人多いだろ」

「御千木じゃ、そーいうの許されないからね。うちは特に、ご先祖様に申し訳ないって、ばあちゃんが泣くから」

真は云い、岩から飛び降りた。暗がりで真の顔はよく見えなかったが、悟と連れ立って歩く足取りは軽かった。

「なんか、嬉しそうだな」

「うん。久々に、鈴鳴らしとか茅と遊んで楽しかった。親父が帰ってきてたから、ずっと俺にこられなくって、昨日はあんまり遊べなかったし」

「ふうん」

「俺はさ、ここにいるのが一番楽しいんだよ。だから他には、何もいらない」

そう云い切る真の口調には迷いがなく、悟はうらやましかった。こんなにもシンプルに力強く、何かを選ぶことを、悟はできない。

「いいな、そういうの」

「親父は怒るけどどね」

真は云い、空を見上げた。

「今日ならきっと、魂翔けできるな。悟、面白いもの見せてやろっか」

「たまがけ?」

「うん、園子から、なんか聞いた?」

それ、たぶん、魂翔けのことだら。そんなな落書きがあったで。

茅の言葉を思い出した。でもそれを云うと、真がむくれそうなので、云わないことにした。

「……えーと、できなかったたって、おんば様に云って泣いてたな、ここに来た次の日。俺にはどういう意味か、教えてくれなかったけど」

茅に聞いても教えてくれなかったことも、黙っていることにした。

「できなかったたって、いつ頃の話?」

「一昨日、いやその前の晩になるのかな。ゆうべ、どうとか云っていたから」

えーと、じゃあ、昨日《きのう》、一昨日《おととい》、一昨昨日《さきおととい》で三日前か、真は指を折って数え、

「あの月じゃ無理だよ。昨夜だって、俺、うまくできなかったもん。魂翔けは難しいよ。月が満ちていて、こだまが空に向かって放たれていないと」

それから嬉しそうに、

「後で詳しく教えてやっから、楽しみにしてなって」

地上の闇が深まるにつれ、空は明るくなっていく。星の瞬きも、光を強めていく。

「……明日も、真の親父って来るだろうね」

「いくらでも逃げ切ってやるよ。どうせ後ちょっとで、親父は自分の家に帰るんだもん」

月明かりもささない山道を、真は迷いのない足取りで軽快に歩いていく。悟は何度も木の根に足を取られ、よろけて転びそうになりながら、闇に浮かび上がる真の背中を追った。梢はひときわ暗い影となって頭上を覆い、ときおり激しくざわめいた。

生まれ育った街では、街灯のない道を歩くだけでも怖い。ここへ来た最初の日は、風呂場から母屋に戻るだけで怖気づいた。けれども今ここで、悟はなんの不安も恐怖も感じなかった。自分の小ささや、非力さが、心穏やかに感じられた。やがて庵にたどりつく頃には、赤く大きく見えた月が、小さな白い円となって、藍色の空に張りついていた。

その晩、おんば様が床についた後で、真は蚊帳を抜け出していった。しばらくして戻

ってきた時には、風呂あがりの茅を連れていた。紺地に朝顔の描かれた浴衣姿の茅を見て、悟は狼狽のあまり、目をそらしてしまった。作務衣とはまるで輪郭が違う。

「玄関から出ると、戸の音がしちゃうからさ。縁側から出るぞ、ほら靴」

真は云い、靴を悟に押しつけた。

「今から祠まで行くけど、門を出たら着くまで口きくなよ。邪気を呼び寄せるから」

「……いいけど、こんな夜中に外出て、大丈夫なのか？」

愚問だとは思いつつ、悟は聞いてみた。

「逆だって。夜中じゃないと、魂翔けはできないんだよ」

真は云い、縁側から飛び降りた。

満月はまばゆく、夜空は藍色に輝き、たなびく雲が見てとれた。庭にはくっきりとした影が落ちている。悟は物音を立てないように気をつけて、庭に出た。

こんなに夜が明るいなんて、夢じゃないかな。

石段を降りながら悟は思った。谷へ降りる山道はさすがに暗く、足元も見えなかったが、不思議なほど怖さは感じなかった。梢はざわめき、ときおり聞き覚えのない鳥の声が森に響く。なんで俺は、真夜中のこんな山道を転びもしないで歩けるんだろう、そう思った時には、既に河原に着いていた。

月光に照らされた滝は、この世の場所ではないようだった。川を渡る道を、真と茅は苦もなく歩いていた。悟は二人を見て、水面を見ないで後に続いた。洞窟は闇に閉ざされ、出口はおろか五センチ先も見えない。どうやってあの闇を抜け、断崖の細い道を登ったのか、悟はまるで覚えていない。気がついたときには、目の前に夜空が広がり、降るような数の星々が瞬いていた。

「うわあ」

庵から眺める夜空もきれいだったが、ここはまるで空気が違う。月光が信じられないほどの明るさで、広場を照らしている。

「悟、こっち。まず祠にお参りしないと」

足元が地についていない感じがした。何かが体に満ちてきて、現実感がない。祠の鈴が鳴ったのを見ても、悟は驚かなかったし、真も茅も何も云わなかった。磐座のまわりを跳びはねる真の後を、茅の後ろについて回った。影が動く、空も回る。やがて茅が高い声で、あの言葉、おんば様が母にかけていた言葉を唱え始め、真の声がそれに重なった。

聞いているうちに、それがこの地の神様を言祝《ことほ》ぐ言葉だと、なんとはなしに悟にも理解できた。古い言葉で、それも御千木の方言が交じるから、不可思議に聞こえただけだ。祠の鈴が鳴る。何度も、何度も、鳴るたびに、次第に音が大きくなっていく。

不意に、背後から体が持ち上げられた気がした。悟はたたらを踏んで、岩に映る自分の影がゆらゆらと動くのを見た。影が分かれる。一つが、二つに、四つに、八つに。複数のライトを、四方から浴びせられたみたいに。

とんだ。

悟は磐座の前に立つ自分を、外から見つめた。飛んでいく。何かが、あの力、鈴鳴らしのあの感じが体に満ちている。耳も目も五感の全てが彼方へ広がる。月光がすぐそばに、地面が足元より遠くに離れていく。

次の瞬間、したたか頭を打ちすえて、悟は前のめりに転んでいた。しばらくは起き上がれずに、額を押さえて、地面に寝転がった。

仰向けになると、満天の星に、すいこまれるような満月の光がすぐそばにあった。悟は、昼間、真に云われた通り、両手を広げて横たわった。真と茅は、まだあそこにいる。悟は、ごく自然にそう思った。やがて少しずつあの力が体に満ちていき、浮き上がるような感じがしたが、それで終わりだった。

「――悟、起きろって」

気がつくと、真の顔が真上にあった。

「俺、寝てた?」

「魂翔けって疲れるからね。俺もよく寝るよ」

真は、頭上を振り仰いだ。

「今日は、もうちょっと長くいられるかと思ったんだけどな。茅がまだかえってきてないんだ。待ってろって」

悟のすぐそばで、茅は真と同じように頭上を見上げていた。けれど気配がない。そこで息をして立っている感じがしない。

「茅に声かけるなよ。急におりると、みたまが壊れやすいから」

悟は上半身を起こした。傍らに立つ茅の、長い髪が夜風になびいている。やわらかな笑みを浮かべて、幸せそうで、でも心はここにいない。

悟、てめーな。真は云い、茅と悟の間に立ちはだかった。

「だから、見るなって云ってるだろが」

「……今のが、魂翔け？」

「そうだよ。云っておくけど、夢おちじゃないからな」

「夢かなあとは思ったよ。あと、あれ、体は寝てるのに、頭が起きてる時の感じに似てた。幽体離脱したみたいな感じになる奴」

「それとは違うよ。つまんねーこと云うなって」

真は云い、月を見上げた。非現実的なほど明るい夜空に、茅がいる。姿は見えなくても、気配を感じる。

「……なあ、あれ、なんて云ってたっけ」

悟はつぶやいた。

「岩のまわり、回る時に唱えてたの。えーと、おんば様に聞いたんだけどな、おちのなんとか」

「おちの祝詞。おんば様が時々、つぶやいてるだろ」

空を見上げたまま、真は答えた。悟はうなずいてから、

「祝詞って、神様に捧げるものじゃなかった？　おんば様、母さんなだめるのに使ってたけど」

「便宜的に祝詞って呼んでるだけで、ほんとはちょっと違うんだよ。神社じゃなくて、俺にだけ伝わる言葉だし」

「それ、俺が教えてもらってもいいのかな」

驚いた顔で、真はふりかえった。

「――けっこう時間かかるよ。そんなに長くないけど、音程を正確に云わなくちゃ駄目だし、息継ぎの場所が決まってるし、御千木の昔の言葉を使うから、聞いたことない言葉がいっぱい出てくるし」

「覚えるよ。途中まででもいいからさ」

悟は答えた。もしそれを覚えられたら。悟は思った。母が今度取り乱しても、おんば様がいなくても、ここじゃない別の場所でも、きっと少しはましだから。

「俺も、ちゃんと覚えてないとこあるからな」

真は云った。

「おんば様か、茅じゃないと、教えるのは難しいと思うよ。茅がいいって云えばいいけどさ」

「ええよ」

その返事は真の背後から、茅の声で聞こえた。先刻まで空蟬《うつせみ》だった茅は、生身の人間に戻っていた。

「悟さは、鈴鳴らしだで、嫌とは云えんね」

「云っていいって」

真がまぜっかえす。茅はくすくす笑った。

「真さんも、一緒に練習した方がええら。いつもちょっと、云うのが早すぎるで」

空に向かって茅が紡ぐ言葉を、悟と真は一緒に、おうむ返しにくりかえした。同じ言葉を、同じ息遣いで、ぴったりと声をそろえて。たったそれだけのことが楽しくて、三人とも何度も笑った。どれだけくりかえしても飽きなかった。

そのうち真が、おちの祝詞を唱えながら、影踏みを始めた。月光に縁取られた薄い影は踏むと砕け、悟と茅も面白がってそれに加わった。木々がざわめき、星が音を立てる。流れ星を数えながら、次に流れる星の色を云い当てあった。

まばゆいほどの月光の下、悟は自分がしていることを、少しも不思議に思わなかった。

縁側から漏れてくる日の光に、悟は目を覚ました。

真は相変わらず浴衣の前をはだけきり、タオルケットを足元に丸めて熟睡している。いい天気みたいだな、そう思ったのに、悟は不意に強烈な不安に襲われた。胃が痛み、胸の鼓動が早鐘を打つ。耐え切れず、悟は蚊帳をめくり縁側に出た。

抜けるような青空が、庇《ひさし》の向こうに広がっていた。槙の緑や、峰の稜線、目に映るすべてが、常にも増してくっきりと色鮮やかだ。だが不安はいっこうに消えず、むしろ強くなるばかりだった。でもなんで、こんな時、こんな場所で？　そう思った時に、門の下に答えが姿を現した。真の父親だった。

考えるより早く、悟は蚊帳に引き返していた。

「真！　真、起きろって、おまえの親父が来た、早く起きろ、逃げろって！」

真の襟元をつかんで揺さぶりながら、必死に叫ぶ。目をこすりながら、真は何か云った。反応が鈍い、寝ぼけている。

「起きろ、親父が来てるって！」

悟が怒鳴ると同時に、玄関の戸を引く音がした。真はようやく目が覚めたらしい、ほとんど四つん這いになって蚊帳から転がり出た。背後で、板戸が引かれる気配がした。真彦は、足早に蚊帳のわきを通りすぎ、西向きの縁側から逃げようとした真の襟首をつかんだ。悟は思わず声を上げた。

「やめっ……」

止める暇もなかった。父親の平手をくらって、真は縁側に音を立てて倒れた。悟は蚊帳から飛び出すと、二人の間に割って入った。

「やめてください。殴ることないじゃないですか。何も……！」

声が裏返った。真彦の目は、おそろしく冷静だった。自分も殴られると、悟は反射的に覚悟した。

「真は自分が殴られる理由が判っているよ。私との約束を破ったんだ。そうだな、真？」

「うっさいよ」

縁側に尻餅をついたまま、頬を押さえながら、真はうめいた。これだけ無防備な状態で、それでも悪態をつけるのはすごいと、悟は一瞬、場違いに感心した。

「約束って、あんたが一方的に決めただけじゃないか。茅とおんば様を楯にとって」

「それでも、約束は約束だ。おまえは約束したな。神事や祭祀の時は仕方ない、月に一度、おついたちの時も認めよう。それ以外はむやみに庵に出入りしないと」

悟の背後で、勢いよく真が立ち上がる気配がした。

「俺が庵に入りびたることで、誰かに迷惑かけたか。あんたに、迷惑かけてるかよ」

悟はとっさに真彦を止めようと、両手を広げて前に出た。その隙に、真は裸足のまま外に飛び出した。

「真っ！」

「馬鹿、悟は茅を見てろって！」

振り向きざま、真は怒鳴った。悟はその時ようやく、蚊帳の向こうの座敷にいる茅に気づいた。

「茅！」

真彦の手は悟の腕をつかんでいたが、悟は相手をほとんど押しのけるようにして、座敷に駆けこんだ。

「……真さんは？」

茅は膝をつき、震えながら悟の腕にしがみついた。

「真さんは、大丈夫なん？」

大丈夫だよ、悟は答えたが、茅と同じくらい震えている自分に気づいた。怖かった。自分ではなく、真が殴られることが怖かった。突然、全く別の、目の前でふるわれた暴力が脳裏によみがえり、悟は声をあげそうになった。

「大丈夫、真は、きっと、大丈夫だから」

昨日、覚えたばかりのおちの祝詞が思い出せない。思い出さないと、この記憶は消えない。消せないと、いつか自分が壊れる。思い出さないと、早く。

大事なことは思い出せないのに、忘れたいことを思い出すのは、何故なんだろう、——どうして。

「悟さ、……いたい」

その声で、悟はようやく我に返った。あわてて茅を抱きしめていた腕をほどく。ふりかえると、縁側はもちろん庭のどこにも、二人の姿は既になかった。

「おんば様は？」

茅はかぶりを振った。

「おつとめに出とるで、まだ帰ってこん。あの人はきっとそれを判っとって、ここに来たん。お社からここまでは一本道だで、おんば様が先に会っとったら、絶対に一人でここに来させせんかったら」

「俺、真とその親父、探してくる。茅はここにいて」

茅は泣きそうな目をしていたが、素直にうなずいた。云ってから、悟の方が不安になった。もし入れ替わりに、あの二人が戻ってきて、ここで修羅場を演じたら？　真は、茅を見てろと云った。親父をどうにかしろとは云わなかった。

迷っている暇はなさそうだった。母さん、悟は板戸に向かって呼びかけた。

「開けるよ、いいね？　母さん、開けるからね」

母は布団の上に起き上がっていた。髪は寝癖がついているし、目は腫れぼったいが、取り乱してはいないようだった。茅、こっち来て。悟は云い、茅の手首をつかんで、母のいる座敷に押しこんだ。

「ここにいて。母さん、あいつが来たら、茅を出しちゃ駄目だからね。あいつが真を殴るところ、茅には見せないで」

それだけ云い、母の返事を待たずに、悟は玄関に回って靴を履いた。そのまま外へ出ようとしてから慌てて引き返し、真の靴をつかんだ。これで行き違いになったら罵られるだろうが、なんとなくその心配はなさそうに思えた。真はカンがいい、俺が真を見つけられなくても、真はきっと俺を見つける。

庵のまわりを西から一周し、東の納屋の前を抜けて、門に戻った。庵の外には逃げたらしい。石段を降りてから、どこへ行こうか迷った。おんば様が世話している裏の畑、昨日行った祠の場所、あとは母が車を停めた場所に通じる森か、火事で焼けたという本殿のある方角だ。いつもここにおる、と云った茅の言葉を思い出し、谷への山道を小走りに駆け降りた。後少しで滝が見えると思ったところで、悟は足を止めた。下から、真彦が上ってくるのが目に映った。

身を隠そうとしたが、遅かった。ほとんど同時に、相手も悟を見つけたようだった。

「ひどい目にあったよ」

近づいて来て初めて、悟は相手の云った意味が判った。真彦は頭からつま先まで、見事に全身ずぶ濡れだった。前髪はべったりと額に張りつき、シャツからは水がしたたり落ちている。真彦の顔に違和感を感じ、しばらくしてから思い当たった。眼鏡がない。

「――あの場所は、本当に人を選ぶんだな。大人になってからは、あれは自分が小さかったからだと、考えていたんだが」

「――祠に行こうとしたんですか」

「行こうとして、このざまだ」

真彦は自嘲ぎみに笑った。

「私は昔から、祠に行けたことはないんだよ。姉や鈴鳴らしが遊びに行ってしまうと、いつも河原に取り残された。あの参道を、通ることができなかった」

「……真は？」

悟の声はかすれていた。

「さあ。私が行った時には、谷には誰もいなかった」

「……真を殴らないでください。真が、あなたの子供でも」

気がつくと、悟は叫んでいた。

「真を殴らないでください。あんな風に殴るから、真は余計に意固地になるんだと思う。殴らなくたって、……なんで普通に、話そうとしないんですか」

「話しても、あの子は納得しないよ。あれは私に似ていて、無駄なプライドばかり高いんだ。だいたい、なぜ俺に出入りすることを禁じたのか、真は君に、どう話したんだ？」

悟は口ごもった。真はなんて云ってたっけ。親父の姉さんが俺の預かり子だったから、だっけ？　でもなんでそれが理由になるのか、理解できない。

「お父さんの、自制心が飛んじゃうって。でも理由は、真だって知らないんじゃ」

悟が云い終わるより先に、真彦は云った。

「私は何度も、真に云っている。俺に入りびたることで、おまえは逃げてる。現実の、おまえが今抱えている問題から、目をそらしてると。真だって、それは理解しているはずだよ。ただ認めたくないんだ、自尊心が傷つくから」

悟はしばらくの間、黙って相手を見ていた。

「……真の、抱えてる問題って？」

「あれは、学校で孤立している」

真の父親は笑ったように見えた。木漏れ日を浴びた、その笑みは苦かった。

「たいした問題じゃないのかな。私が真の年から君の年齢ぐらいまでは、学校での評価が自分の全てだったよ。……成績なんかじゃない、自分がまわりとうまくやっているか、ちゃんと認められているか、それが一番大事だった。姉が先に失敗していたから、私には失敗は許されなかったんだ」

悟は相手の言葉を、ほとんど聞いていなかった。先に云われた言葉が、尾を引いていつまでも残っていた。——あれは、学校で孤立している。真の父親は、そう云った。

「真が庵に入りびたるようになったのは、学校でそうなってからだ。それまでも遊びに行くことはあったが、せいぜい月に一度、おついたちや神事のときぐらいだった。少なくとも母親はそう云っている。……私は自分の姉が、真と同じようにして、その結果どうなったのか、子供のころ見て知っている。それと同じ轍《てつ》を、これ以上、真に踏ませたくないんだ」

「……お姉さんって、かなえさん？」

「そうだよ」

間があった。

「……私の姉は、真の年までは特別な子供だった。どんな時代にも、どこの学校にもいるんじゃないかな。身内が云うのもなんだが、成績優秀、容姿端麗、運動神経が抜群の、ピアノも上手な、クラスの中心の女王様だ。……御千木の小学校ではそうだった。御千木の外にある中学校に入って、姉は特別な子供じゃなくなった。姉はそれまで特別扱いしかされなかったから、そうじゃない女の子がどんな風にまわりとつきあっているか知らなかった。……姉は家族の前で、決して学校での姿を見せようとしなかったよ。代わりに、中学に入った年の終わり頃からかな、自分の手首を切り出したらしい。……正月早々に、姉が鈴鳴らしで神社の鈴を振り落とす事件があって、両親はそれを口実に姉を庵に預けることにした」

穏やかな口調と裏腹に、真彦の目は暗かった。

「姉はそのまま学校に行かなくなった。そのうち庵にとどまって、おんば様の跡を継ぐと云い出した。君の母親が預かり子に来たのは、姉が庵に行って二年くらい後かな。それからしばらくして、姉は庵を出奔した」

眼鏡をかけていない、真とよく似た目で、真彦は悟をねめつけた。

「あんなひどい目には、もう二度とあいたくないね。ある日、突然、家族の一人がいなくなって、生きているのか死んでいるのかさえ、判らないんだ。私の両親は、あらゆる手を使って姉を探し、ありったけの願かけをし、あげくに体を壊して、最後には金目当ての、怪しげな拝み屋にまですがったよ。それ以来、私は、この地にいる神々を敬うことを止めた」

「……だから？」

悟は聞き返した。

「だから、真を殴ってでも、庵に来るのを止めさせようって？　……それってなんか、おかしいと思うけど」

「……君は、なんで真が、あんなに茅に執着すると思う？」

いきなり違う話をされて、悟はとまどった。

「普通は十二歳の子供が、自分よりずっと年上の女を、好きになったりはしないよ。最初から、相手は自分とは違う種類の人間だって思っている。……真が茅に執着するのは、自分の思う通りに自分を見てくれる、ただ一人の人間だからだよ。庵の外はなんにも知らない、だから他人と真を見比べない、真を否定したり、憐れんだりしない、ただ真が望む言葉だけを口にする、都合のいい人形だからだ」

最初は、真彦が話をそらしたのだと思った。

「茅が普通の女なら、村の噂話に耳を傾けたり、気軽に男と話すような女だったら、真は興味も持たなかっただろうさ。真は、茅に執着しているわけじゃない。茅といる自分が、思う通りにふるまえる自分が好きなだけだ」

俺のことを、云ってるんじゃない。

悟は自分にそう云い聞かせた。そうしないと、耳が熱くて、相手の云っていることが、聞こえなくなりそうだった。

「逃げているというのは、そういう意味だ。あのまま真を放っておけば、あの子は俺から出られなくなるよ。なんで家や、学校や、外の世界を選ばなくちゃいけない？　真を否定する人間を選ばなくちゃいけない？　おんば様や茅の膝で、ぬくぬく甘えているほうが楽しいだろうさ。——そうやって逃げているうちに、うまくいかなかった時どうするか、まわりともめた時どうすればいいか、生きていくために一番大事なことを、真は学ぶチャンスを失うんだ」

沈んだ声で、真彦は云った。

「逃げたっていいんだよ。でも俺はだめだ。あれはもともと、この村しか世界がなかった頃の、逃げ場所も方策もない時代のものだ。——私は、真がこのまま学校で嫌な思いをするようなら、御千木の家を引き払って、引っ越ししてもいいと考えている。私がそう云ったら、真は激怒したけどね。俺を離れるのが嫌だから」

「…………」

「園子だって同じだよ。昔は、夫に離縁された女が一人で生きていくのは大変だった。五十年、百年前だったらね。でも今は違う、いくらでも方法がある。俺でなくても、園子が生活できる場所は、他にあるはずだ」

真彦はそのまま、悟の傍らを通りすぎた。悟は、その背中を見送った。云い返す言葉は、思いつかなかった。

第五章

足元にはこんもりとした森が広がり、その向こうには見覚えのある家々が点在していた。悟は鎮守の杜《もり》の外れに立って、御千木の村を見下ろしていた。こんなに近くだったんだ。この道を降りて行けば、ばあちゃんちにすぐ着くんだ。その事実はあまりにもあっけなくて、失望しか感じなかった。

真彦が去った後、悟は谷に降りて祠へ行くつもりだった。だが河原を歩いている途中で、この先に真はいないと直感した。理屈は何もない。ただ河原に、真が歩いた気配を感じなかった。

なんで判るんだよ。ここからじゃ見えないだろ。

見えないよ。でもいるかどうかは判るよ、判るよな、茅。

俺も毒されたのかな、悟は思いながらも、自分の直感に従って、庵の石段まで戻った。

本殿の方角か、村の方角か。しばらく考えたが、なぜかそれよりも庵に来るときに歩いてきた道の方が気になった。森を抜けるのに、思ったより時間はかからなかった。砂利道に出てしばらくの間、悟はその場に立ちすくんだ。

突き当たりに停めたはずの、母の車はそこになかった。

「なんで」

独り言は蟬時雨にかき消された。道の両側には雑木林が続き、どこにも車を隠す場所などない。判っているのに、路肩から谷側をのぞきこみ、無意味にぐるぐるとあたりを歩き回った。茅を頼むからね、そう云っておいた以上、わずかな間に母が車に乗って、どこかへ行ったとは考えられない。まさかこんな山奥まで、人知れずレッカー車を呼ばれて、車を持っていかれたとも思えない。

暑さのせいだけではなく、額から汗がしたたり落ちた。なんで、ないんだ？　四日前、確かにこの砂利道の突き当たりに、母さんは車を停めた。場所は間違えようがない。俺が知らないうちに、移動させたのなら、いったいどこに隠したんだ？

おぼつかない足取りで、悟は砂利道を歩いた。最悪を考えるな、楽観的に考えろと、人は云う。でももし、楽観的に考えていたら、悟は祖母の家から一人で家に帰っていた。それ以前に、最初から母と一緒に御千木に来ようとしなかった。最悪をいくら考えていても、現実はそれよりさらに悪い場合だってある、いくらでもある。

谷側の木立が切れた一画で、悟は足を止めた。山側は岩肌がむきだしになり、そこから流れる雨水が、地面をうがっているのだろう、その一画だけ路面がくぼみ、路肩は崩れて、ぽっかりと開けていた。ガードレールはもともとない。悟は足元に注意しながら、下をのぞきこんだ。針葉樹林に覆われた山肌が、そこだけ崖となって、土砂が積もっている。見慣れた軽自動車は横転して、ひっくりかえったカブトムシのように、そこに横たわっていた。

「――なんで」

人間って、状況が受け入れられないと、思考が停止するんだな、悟はぼんやり思った。今、自分が見ているものを、どうしても、どれだけ見ても、理解できない。どうして、あれが、あそこに、あんな形であるのか、考えられない。

歩き出すと、目眩《めまい》がした。日ざしがじりじりと肌を焼く。庵の石段が見えるまで、ほとんど何も考えずに歩いていた。門を見上げ、庵ではなく村の方角を選んだ。人ひとりの幅しかない道をたどると、すぐに村を見下ろす小高い場所に出ていた。道は鎮守の杜の端を下って、村の方向に続いている。

「悟」

悟は頭上を見上げた。緑豊かな太い枝に、真が立っていた。

「おまえ、茅を一人にしてきたのかよ」

怒った声だった。違うよ、悟は云い、一昨日は茅を見るだけで怒ったくせに、そう思って少しおかしくなった。

「母さんのいる部屋に押しこんできた。真の親父が来ても出すなって云ってある。真の靴、持ってきたけど、どうする？　……つーか、なんで、そんなとこにいるんだよ」

「ここなら親父が来たら、すぐ見えるもん。悟も登って来いよ。見晴らしいいから」

と云われても、抱えて登るには幹が太すぎるし、枝には手が届かない。下枝にくくりつけた荒縄は梯子の代わりらしかったが、悟がつかまって縄登りをするには細すぎて不便だった。悪戦苦闘して、悟が荒縄をよじ登る間、真は枝に腰掛けて、それを見物していた。

「悟って、運動神経ないのな。大丈夫か？」

真が座っていた場所は、具合よく二股になった枝に、数枚の板を渡して枝に縛りつけてあった。かしいではいるものの、三人程度なら座れるくらいの広さで、見晴らし台のようになっている。下の枝に立って、悟はその台をのぞきこんだ。

「これ、真が作ったの？　ドラマみたいだな」

「前にね。ほんとは小屋を作ってみたかったんだけど、材料が足りなかったから」

梢の向こうには、御千木の村が見えた。古い民家と真新しくて大きな二世帯住宅が、山間にへばりつくようにして作った畑や藪を挟んで、不規則に点在している。祖母の家はちょうど竹藪の陰になって見えないが、神社に行くときに通る道は見てとれた。

「あれ、俺の家」

真は台に立って、神社のそばの庵によく似た民家を指さした。

「すげえ古いだろ。エアコンとか付けても効きが悪いのなんのって。俺たちが引っ越したときに、ちょっとは手を入れたんだけどね」

「引っ越した？」

悟は聞き返した。真はずっと、この村で生まれ育ったのだと思っていた。

「俺、生まれは神奈川なんだよ。妹が生まれてすぐに、母さんが病気で入院しちゃってさ、俺たちはこっちに預けられたの。で、退院した後も体調よくなくて、母さんの実家の方に頼れなかったから、一時的に三人でこっちで暮らすことになったんだ」

「親父は？　なんで一緒じゃなかったわけ？」

「あいつの会社って、どこの支店でも、ここからじゃ通勤できないもん。二年くらいで、あっちこっち転勤させられてるし。ちょうどその頃、週末なら帰って来られそうな場所に転勤になったから、その間だけ、こっちに預からせるつもりだったんだって」

「…………」

「でも次に転勤が決まった時には、じいちゃんが病気になって大変で、結局死んじゃったんだけど、今度はショック受けたばあちゃんが寝こんじゃってさ。その後も、親父が俺たちを引き取ろうって話になるたび、ばあちゃんは体調崩して、病院通わなきゃいけなくなるもんで、引っ越ししないでいるんだ。それさえなければ、親父は俺を御千木で育てたくなかったんだよ。俺が鈴鳴らしだって、知ってたから」

「なんで？　たいがいの子供は鈴鳴らしができるって、真の親父は云ってたけど？」

真は顔をゆがめた。

「――悟、こっち来て座れば？」

枝は充分に太かったが、悟は躊躇した。

「二人で座ったら折れないか、その板。っていうか枝じたい、やばくない？」

「大丈夫だよ。俺、そーいうのは判るからさ」

板は存外、丈夫そうだったが、万が一折れても大丈夫なように、悟は台から投げ出した足で枝をまたぐ形で腰を下ろした。

「親父、まだ庵にいる？」

「たぶん。谷に降りる途中で行き違ったんだけど、俺、その後、庵に戻ってないから。真、探して、あちこち走り回っちゃったよ。今まで、どこにいたんだ？」

「親父から逃げた後は、まっすぐここへ来たよ。俺は、庵から親父をおびき出すつもりだったんだけど、あいつ、俺がこっちに来たって、わかんなかったみたいだな」

同じく判らなかった悟は、とりあえず黙っていた。

「失敗したな。悟は茅のそばにいると思ってた。おんば様が間に合えばいいけど、園子じゃ茅をかばえないよ、きっと」

「――だから、俺の親を呼び捨てにするなって」

真はふてくされた顔で、云い返した。

「するよ。何もさ、俺のお宮参りのときに、鈴鳴らしなんかすることないだろ。なんで俺が生まれてすぐに、親父と仲悪くなるようなきっかけ作るんだよ」

「仲悪くって……」

「親父は、鈴鳴らしじゃないんだよ。御千木神社の神主の総領なのに、鈴鳴らしができたことは一度もないんだ。自分でそう云ってる」

私は昔から、祠に行けたことはないんだよ。――あの参道を、通ることができなかった。

「俺が鈴鳴らしすると、親父は今でもすっげえ嫌がるんだよ。しょっちゅう俺に云うの、鈴鳴らしの力なんか、なんの役にもたたない、そんなことが出来るからって、自分を特別みたいに思うなって。――あいつ、俺がわかんないとでも思ってるのかな」

短い沈黙の後、真は独り言のように吐き捨てた。

「十二年も生きてんだけどな。そんなこと、云われるまでもないよ。だいたい俺のこと、何にも知らないくせに、親だってだけで判った顔するところがむかつく」

「――真のこと、心配してるんだよ」

悟はつぶやいた。うまく云えたかどうか、心もとなかった。

「ほんとに心配してるんなら殴ったりしないだろ。悟の親は、悟のこと殴ったりする？」

「小さいころはよく叩かれたかな。でも今は、俺の方が身長高いからね」

悟は空を仰いだ。木漏れ日がまぶしかった。

「一週間くらい前かな、あんまり頭に来たんで、俺、親父を殴ったんだよ。そしたら、タイミングよく入っちゃって、むこうがケガしたんだよね」

「え？」

真が頓狂な声を上げたが、悟はあえて相手の顔を見ずに続けた。

「その日は、親父の方が俺より先に帰っててさ、俺が玄関のドア開けたら、がちゃーんて食器の割れる音がしたんだ。びっくりして家のなか駆けこんだら、親父がなんか怒鳴ってたからさ。持ってた鞄でぶん殴ったら、よろけて頭ぶつけて、皿の破片で顔切っちゃって、大騒ぎだった」

いいから、悟は自分の部屋に入ってなさい。

母はあの時そう云った。悟はその通りにした。だからその後、母が何をしたのか見ていない。父がその後、どうなったのかも。

「……大丈夫だったのか、それ」

「さあ。その後、親父を見てないから。もともと最近、家に帰ってこなくなってたからね。俺としては生活費さえ入れてくれれば、本人はいてくれなくてよかったし」

あの車のトランクに、母は何を入れた？

真は板の上に、仰向けに寝転がった。木漏れ日がまぶしいのか、目を細めている。その声は小さくて、よく聞き取れなかった。

「え？」

「悟って、お人よしだよな、って云ったの」

すねたような口調だった。

「なんで茅を一人にして、靴なんか持って俺を探しに来るかな。俺だったら、絶対、茅のそばを離れないのに」

「……ああ、そうか。そうだよな」

理解するのに、時間がかかった。悟は苦笑した。

「そっか、チャンスだったんだ。俺、全然、そんなこと考えてなかった」

「だからお人よしだって云ったんだよ。どっちかっつーと、間抜けだよな」

「だって、茅はおまえのなんだろ?」

かたわらに横たわる真は、今はもう完璧に目を閉じている。まぶしい、とだけつぶやいて、顔を背けた。


「にいにーっ」

かん高い声が聞こえ、悟は両足の間から下をのぞきこんだ。小学校低学年くらいの、小さな女の子が手を振りながら近づいてくる。

「にいに、ゆいもー。ゆいも、そっちのぼりたーい」

真は起き上がると、足元に向かって叫んだ。

「だあめ。来るな、馬鹿。目立つだろっ」

「かってばっかいわないの。にいにがかえってこないから、おかーさんとおばーちゃん、もめちゃってタイヘンなんだからね。おんばさまがうちにきてるよ。にいにがきてるから、よんでおいでっていわれた」

「妹?」

「うん、唯」

真は板の上に立ち上がり、降りるからそこどけよ、下に向かって怒鳴った。真の後から、悟も木を降りた。小さな女の子は、真にしがみついて、背後から悟を見上げていた。一目で兄妹と判る、そっくりな目をしている。

「だれ、このひと」

「寺外戸んとこの子供だよ。悟」

ぶっきらぼうに真が答える。え、こどもじゃないよ、おとなでしょ? 女の子の台詞に、悟は笑いをこらえた。

「子供なの。まあいいや、おんば様が家に来てるって?」

「うん、にいにがかえってこないから、おとーさんがじんじゃでまちぶせして、おんばさまをつれてきたの。いま、おうちで、おかーさんが、おんばさまのこと、おこってる。うちのこどもをかってにとめるのは、やめてくれって」

「そういう手にでたか」

「にいにがわるいんだよー。また、かやちゃんとあそんでたんでしょ。おとーさんのなつやすみみじかいのに、おうちにかえってこないんだもん」

「おとーさんは、唯の顔見れば満足するんだから、俺はどーでもいいの」

真は云い、あっついから離れろって、妹を押しやった。

「家にいるの、母さんだけ？　親父は帰ってきてないのか？」

「うん。にいにがかえってくるまで、おんばさまをかえさないって」

人質かよ、真はつぶやき、悟を見上げた。

「なあ。俺、一回、家に帰るね」

悟は目をしばたたいた。

「……ああ、うん。けど、いいの？」

「よくないけど、仕方ないだろ。俺がいない間に、あんまり茅と話すなよ」

真の後ろで、真の妹がくすくす笑った。

「ねえ、おにーちゃんもかやちゃんがすきなの。うちのにいには、かやちゃんのこと、だいすきなんだよ。へんでしょー」

うるさい、真は云い、妹の頭を小突くまねをした。

「俺は、どっちかっていうと、真がいてくれた方がいいんだけどね。茅と二人だと、なに話していいかわかんないし」

真は一瞬きょとんとした顔になったが、ややあって声を上げて笑った。

「親父が帰ったら、俺に遊びに行くから。いいな、それまで茅に、手え出すなよ」

「悟ちゃ、待っててくれただか」

坂道を上がってきたおんば様は、悟を見て笑みを浮かべたが、ひどく疲れているようだった。真に会った？　悟が聞くと、唯ちゃと家に帰ってきたで、わしは帰してもらったただね、低い声で答えた。

「俺のはふりとしては、村のもんに顔向けできんな。俺に来る女子供は、何があっても外から守るのが、わしの役目だのに」

「真は、帰るきっかけが欲しかったんだと思うよ」

悟は云い、おんば様に先に立って歩くよう、うながした。

「本当に帰りたくなかったら、おんば様が人質に取られてたって、あんな簡単に帰るって云わないと思う。家族とうまくいってないのかと思ったけど、そんなことないみたいだね。妹はなついてるみたいだし」

「唯ちゃか、真ちゃとは年もはなれてるでね。あそこの兄妹は昔から仲ええな」

人ひとりの幅しかない山道を、悟はおんば様の後について、ゆっくりと歩いた。腰の曲がった後ろ姿は、否応なく母方の祖母を思い出させた。数年ぶりに顔を合わせた祖母は、驚くほど老いていた。母がこれ以上心配をかけたくないと思うくらいに。

「……おんば様、聞いてもいい？」

なんだいね、おんば様はふりかえらずに云った。

「母さんは、なんで昔、庵の預かり子になったの？」

蟬の音が響く。真夏の日ざしは、いつも通り容赦なかった。

「鈴鳴らしだったからだで。それだけのことだに」

「真のお父さんは、そうは云ってなかったよ。鈴鳴らしなんて口実だって。家族や社会から、子供を引き離すための」

「――真彦さなら、そういう云い方するかもしれんな」

おんば様の声は、寂しげだった。

「真彦さのねえちゃは大変だったで、真彦さが、庵に真ちゃを預けたくないのは仕方ないだよ。かなえさが見つかるまで、何年もかかったでね」

あんなひどい目には、もう二度とあいたくないね。真彦の声が、耳によみがえった。

「真彦さんのお姉さんは、学校に行かなくなって庵に預けられたって聞いたけど、母さんもそうだったの？」

「園子さは、ちゃんと学校に行っとったよ。ただ鈴鳴らしの力がとまらんくなると、家族が大変だでね、家中のものが鳴り出すだから。ちょうど兄さの受験と重なっとったで、そのせいもあっただかもしれんな」

「でもだからって、普通、自分の子をよそに預けるかな」

悟はつぶやいた。

「悟ちゃも、琴子さと同じように云うな」

おんば様は、笑ったようだった。

「確かに、よそん人にはおかしく思えるかもしれんな。琴子さは、ああ、真ちゃのおっかさだが、人んちの子供を勝手に泊めるなんて信じられん、云うて怒っとった。あそこのおばあさの方が、まだわしにやさしかったな」

「それが普通の、まっとうな親の反応だと思うよ」

「御千木じゃ、子供が庵に泊まるのは自由だでなあ」

まあ、そうは云っても、かなえさのこと以来、子供が来ることはあまりないだけどな。おんば様はつぶやいた。

「ここはな、悟ちゃ。隣の村ともえらい離れとるし、人が少ないで、つきあいが狭いだよ。ええところもたんとあるが、ちょっと行き違うと、つらくなることも多いだね。そんなな時に、行きよれるところが欲しくなるだよ」

庵はそういう場所だで。おんば様は云った。

「……でも、普通はみんな、ずっと庵にはいないんだよね。最後には、自分の家に帰るんでしょ」

「自分の家があるもんはな」

その言葉は重かった。しばらくためらった後で、悟は聞いてみた。

「……おんば様と茅は、いつから庵にいるの」

「わしは、俗世と縁を切った身だでね」

おんば様の声は、蟬の音にかき消されそうなほど、静かだった。

「なあ、悟ちゃ。息をするのも苦しうても、人は自分から死んではおえんな。けんどなあ、世の中にはほんに辛い、神も仏もないようなこともあるだよ。そんなな時に、仏門に入る信仰もない、生きてくための手に職もない女にはなあ、昔ははふりになるんが最後の道だっただよ。御千木の庵のはふりは、よその神社で云う祝《はふり》とは違うでね。庵のはふりめになった女は、神隠しにあったと同じにされるで、昔は、それしか方法がなかっただよ」

他にいくらでも居場所があるはずだ。真彦はそう云った。実際あると、悟も思う。母は俗世と縁など切らなくても、生きていく方法はあるはずだと。

あの車のトランクに、入っていたのはなんだった？

おんば様は、それきり口をつぐんだ。悟も、それ以上聞こうとは思わなかった。

庵では、真の父親が、縁側に腰掛けて二人を待っていた。

「ああ、ようやく帰ってきたか」

縁側の、真彦が座っているまわりは、濡れて色が変わっていた。どんな威圧的な人間でも、濡れ鼠で威厳を保つのは難しいなと、悟はぼんやり思った。

「二人で帰って来たということは、真は家に帰ったんだな」

唯ちゃが迎えにきたでね、おんば様が答えた。真彦は立ち上がった。

「じゃあ、私も帰るとするよ。ようやく服も乾いてきたし」

「あの」

考えるより先に、言葉が口をついて出た。

「家に帰っても、あんまり真を怒らないでください。真は、自分から帰るって云ったんだから」

「おんば様を人質にしたからね。そのくらいの分別は、真にもあるよ」

「そうじゃなくて。たぶん真は、家が嫌なわけじゃなくて、俺がここにいたから茅が心配だっただけで、帰らなくちゃいけないって、自分でも思ってたと思うから」

「思っていても、自分でやらなくちゃ意味がないんだよ。私がお膳立てをしなければ、あの子は自分で、家に帰ることもできないんだ」

「そんなこと――」

「真は君に、学校のことを話したかな」

不意打ちで、真彦は聞いてきた。悟は一瞬ひるんだが、ややあって云い返した。

「話してないけど、でも、真は大丈夫だと思う」

「話さなかっただろ。話せるわけ――」

真彦が云いかけるのを無視して、悟は叫んだ。

「俺だって、真に学校のことなんて話さなかった、なんで話さなくちゃいけないんだよ、そんなこと。なんであんたは、真のこと、駄目だって決めつけるんだ。なんで自分の子供を信じないいんだよ！」

云ってしまってから自分でも驚いたが、勢いに任せて続けた。

「俺は、真が学校でどんな子供なのか、知らないよ。俺が知ってる真は、生意気で、えらそうで、気が強くて、駄々っ子で、めちゃくちゃ口と態度が悪いガキだよ。でも俺は、真は大丈夫だって思うから！」

ああ、そうだ。そう思ったんだ。あの木の上で、真と話しながら。

「真はいい子だよ。いい子だなんて云ったら、真は絶対怒ると思うけど、でも俺はそう思うよ。だから今、学校で、真がどうして孤立してるか知らないけど、これから先ずっと、真がまわりともめ続けて、うまくやっていけないなんてないと思う。庵から出られなくなるなんて、ないと思うよ。だからちょっとぐらい庵で遊んでたって、いいじゃないか。何がそんなに不安なんだよ」

真がこの場にいなくてよかった、いたらとても云えなかった。頭に血がのぼり過ぎて、頬が熱かった。

「君が、そんな風に云うとは意外だったたな」

真彦は、苦笑したようだった。

「でもそれは、君から見て、真が子供だからだよ。自分と同年代の子供だったたら、おんなじように云え――」

「関係ないよ、そんなの」

悟は吐き捨てた。

「学校でうまくやれなくちゃ、違う年代の人間とうまくやれても、無意味だなんて変だよ。あんたが云う、うまくやるって、どういうことを云うんだよ」

真彦の返事を聞くつもりはなかった。悟は玄関に駆けこみ、土間で靴を脱ぎ捨てた。母はいつもの座敷ではなく、囲炉裏のある居間で茅と一緒だった。

「おかえり」

母は云い、少し笑った。

「ここまで声が聞こえたよ。珍しいね、悟がそんなに怒鳴るなんて」

「真のがうつったんだよ」

悟の言葉に、茅は笑いをこらえたようだった。

「だって、あの人、真が俺に来るのをやめさせようとする割に、真を助けようとしているようには見えないよ。真のこと、最初から駄目だと思ってる。御千木から引っ越してもいいって、自分が引っ越しさせたいだけじゃないか。——あれじゃ真が可哀想だ」

「……子供が辛い思いしてるのって、見てる親はもっと辛いんだよ」

云いわけのように、母が云った。

「駄目だ駄目だって、親に決めつけられるのも辛いよ。俺にはあの人、そう見えたよ」

「——駄目だって云うのは、誰でもできるものね」

独り言のように、母は云った。

「あんまり責められると、ずっと叱られてばかりだと、もういい、もう疲れたって、何をする気もなくしてしまうだけだよね」

「そんな奴、相手にしなくたっていいんだよ」

悟は云った。真彦のことを、云ったのではなかった。

「何したって、文句を云うんだよ。自分のやってることは棚にあげて。自分が気に入るように、俺たちが生きるのが当たり前だと思ってる。そんな奴にふりまわされるのは、もうたくさんだよ」

「……いいの?」

主語も助詞も省いて、母は云った。

「母さんの、楽なようにすればいいよ。でもその前に、一つだけ聞かせて。車を――」

云いかけて、悟は口ごもった。茅が自分を見ている。

「答えるのは後でいいよ。後でいいから」

おんば様は土間に立っている。その気配を背中に感じながら、押し殺した声で悟はささやいた。

「さっき車を見たよ。――あれから親父をどうしたの」


朝餉の後、茅は祠に、おんば様は畑に出かけた。母が洗い物を片づけている間、悟は座敷の雑巾がけをしてまわった。体を動かしていると、他のことを考えずに済んだ。すさまじい蟬時雨も、慣れてしまった今では静けさだけを感じる。真がいないと、ここは本当に静かだと、悟は思った。

「母さんさ、子供のころ、ここにいて退屈じゃなかった？」

上がり框を拭きながら、勝手場に戻ってきた母に声をかけると、母は小さく笑った。

「そうねえ、テレビもラジオも何もないものね。学校で本を借りても、読む時間もなくって。ここじゃ、日が沈んだら寝るのが決まりだったから」

「それでよく、逃げ出そうとか思わなかったね」

釜を洗いながら、母は答えた。

「預かり子は、家に帰りたければ、別に帰ってもかまわないのよ。いたいなら、好きなだけいてもいいし。帰りたくないのに、家に帰された預かり子なんて、母さんくらいよ。私が、かなえ姉を庵から逃がしたから」

真彦さんのお姉さんのことね、母はつけたした。

「真彦さんが、私を追い出したがるのは、多分それもあるんだろうね。私以外の人だったら、あの人はきっと放っておいたと思うよ」

真がいなかったら、きっともっと放っておいただろうな。悟は思ったが、黙っていた。

「――かなえ姉は、とてもきれいな人でね。神主さんの子だったから、巫女さんの装束を着た時なんか、村中の評判になるくらいだった。普通、鈴鳴らしができても、たいがいの子供は五回に一回鳴らせればいいところなんだけど、あの人は小さいころから簡単に魂振りできたのね。子供同士で神社で遊んでいると、よくやってみせてくれて、女の子たちのあこがれの的だった」

　御千木の学校ではそうだった。真彦はそう云った。

「母さんより先にかなえ姉は預かり子になっていたし、年も上だったから、母さんにとってはもう一人のおんば様みたいな人でね。子供の頃って三歳でも年が違うと、ものすごく大人に思うじゃない。あの頃の母さんには、かなえ姉は自分よりずっと年上の、自分とは全然違う、大人にしか見えなかった」

「……俺は、五歳も年が離れてても、真に完璧にタメ扱いされたけどね」

　悟がぼやくと、母は笑った。

「あの子は多分、誰に対してもそうなんじゃないかな。でも悟のいいところは、そういうことを、あんまり気にしないことね。それでむきになって、怒ったりしないでしょ」

「怒ったって、意味ないじゃん。かえって、なさけねーって感じで」

「でもそういうことで、滑稽なくらい、むきになって怒る人はいるじゃない」

　まあね、悟はつぶやいた。

　母が話す気になるまで待とうと思った。崖下に落ちていた車と、父親のことは。滑稽なくらいむきになる男のことは。

「年齢が上だからって人間が上だって、本気で云うのは、中学生くらいまでが限界だと俺は思うよ」

「悟が、変に自己顕示欲の強い男に、育たなくてよかったわ」

母は云った。近くに反面教師がいたからだよ、悟は心の中で答えた。

「……なんの話をしてたんだっけ。そうそう、かなえ姉ね、かなえ姉はねえ、駆け落ちしたのよ。庵にずっと住んでて、いつどうやってその相手と知り合ったのか、母さんには教えてくれなかったけどね。とにかくその人と一緒にいたいから、二人で村を出ていくって。親に云ったら反対されるに決まってるから、おんば様にも内緒でね。それで母さんは頼まれて、かなえ姉の駆け落ちを手伝ったのよ。かなえ姉が具合悪くて寝てるって、うちはなれにいるように見せかけて、時間を稼いだの。……今になって考えると、おんば様はだまされたふりをしてくれてたんじゃないかって、思うけど」

「……駆け落ちって、その人、その時、いくつだったの？」

「だから、その頃の母さんには、かなえ姉はものすごい大人に見えたのよ。私は十三歳で、かなえ姉は十六歳になったばかりだった」

悟は絶句した。

「もちろん、ばれてからは大騒ぎよ。母さんは子供で、自分がしたことがどれだけ大ごとなのか、その時は判っていなかった。それは多分、かなえ姉もそうだったと思う。おじいちゃんもおばあちゃんもかなえ姉の両親に土下座して謝ったし、おばあちゃんから、おんば様が責任とって庵を出されるかもしれないと聞かされたときには、体が震えたわ。もちろん母さんはすぐに家に連れ戻されて、かなえ姉がどこに誰と逃げたか、いろんな大人に毎日のように詰問されたけど、何も知らなかったから、答えようがなかった。

……かなえ姉はそれを見越して、母さんには何も教えなかったんだろうね」

「……その人、結局どうなったの」

かなえさが見つかるまで、何年もかかったでね。おんば様は、それしか云わなかった。

「翌年のお正月だったと思うけど、差出人の名前がない年賀状が来て、元気で幸せです、安心してね、って書いてあるのを見て、ああ、かなえ姉は無事なんだなって、すぐに思った。家の方にも、似たような連絡はあったみたい。……かなえ姉のご両親は、ありとあらゆる伝《つて》を使って、死に物狂いで娘を捜したそうよ。心労でかなえ姉のお母さんは寝こんでしまって、……真彦さんは、あの頃、顔を合わせると、殺されるんじゃないかって、本気で思ったぐらい怖かった。年齢は、母さんの方が上なんだけど」

母の声は次第に低くなった。

「……確か、中学を卒業する直前だったと思うけど、村で変な噂がたってね。かなえ姉が戻ってきたけど、神主さんは追い返したって。かなえ姉は赤ちゃんを抱いていたとかで、……本当かどうかは知らないよ。聞ける立場じゃないもの。でも真彦さんは中学を出てすぐに、遠くの学校へ行ってしまって、ほとんど実家に戻って来ようとしないのは、そのせいじゃないかって、おばあちゃんたちは話してたわ」

「………」

「だから最初に茅ちゃんを見たときには、その時のかなえ姉の子かと思ったわよ。年はもう少し上のはずだけど、あのくらいの年齢の女の子って、服装でかなり印象がかわってくるし」

「……違うの？」

悟は聞き返した。実はひそかに、そうではないかと疑っていた。

「違うみたいよ。さっき話したけど、茅ちゃんのおばあちゃんは御千木の人だったみたい。だけど遠くへ嫁いだから、茅ちゃんのお母さんは御千木の生まれじゃないし、もともとのおうちも、今はもう誰も住んでいないみたいね」

「……あの短時間に、よくそんなこと聞き出せたね」

驚くよりも先に、悟はあきれた。

「信じられね。女って、ほんとよく喋るな」

深い意味はなく云った台詞だったのに、母は露骨に顔をしかめた。

「嫌な云い方するねえ」

うんざりした声だった。

「おじいちゃんが、よくそういう云い方したっけ。女はうるさい。女は馬鹿だから。それからあれね、どうせ嫁に行くんだから、娘に金かけても無駄だって。伯父さんより母さんの方が、成績はずっとよかったのよ。でもおじいちゃんは、女を大学に行かせても悪い遊びを覚えるだけで、就職するときに苦労するだけだからって。中学生の娘に悪意なく云うから、よけいにたちが悪くてね。自分の考えは絶対正しいと、信じている人だったから」

そうだったっけ、悟は思った。外孫だし、頻繁に顔を合わせていたわけではないから、おぼろげな記憶しか残っていないが、他界した祖父は悟には優しい人だった。

「……今から思うと、たぶんそれが原因ね。だから鈴鳴らしが止まらなくなって、母さんは庵に行くことになったのよ。その時は、自分では全く気づいてなかったけど」

母は云い、悟の顔を見ずに続けた。

「小さい時からずっとそれが当たり前だと、嫌な思いしてても自分では忘れちゃうのよ。自分が嫌な思いしてるってこと自体をね」

ずっと耳にしている蟬の音を、いつの間にか意識しなくなってしまうみたいに。

「でもさ、庵から帰された後は、家にいて平気だったの？　母さんは、戻りたくなかったんだろ」

「それはね、本当に庵に帰りたかったわよ。おじいちゃんは悪い人じゃなかったから、かなえ姉のご両親に同情しちゃって、お酒飲んでは毎晩泣いちゃうし。でも母さんは、その頃は魂翔けできたから、なんとかやっていけた。庵でかなえ姉に教えてもらったのよ。悟も昨夜、真ちゃんたちと祠で試さなかった？」

「なんだ。気づいてたんだ」

「三人で騒いでいれば、板戸一枚じゃ誰でも気づくわよ」

母はようやく、悟の顔を見た。

「悟は？　魂翔けできたの？」

「できたんだかなんだか。一瞬、体が浮いたみたいに思ったけど、次の瞬間、地面に激突してたし。……ああいう感覚が、魂翔けなの？」

「あ、それは、失敗だね。その程度なら、今でも母さんはできるわよ。昨日、俺の庭で試してみたし」

小さな子供のように、母は得意げに答えた。

「本当の魂翔けはね、自分をまるきり外から見ることができるのよ。自分と自分のいる場所を、遠く外から眺めて、彼方まで見回すことができるわ。自分がどんなに小さいか、世界がどれだけ広いか、素直に納得できるよ。だから家に帰っても、どんなにおじいちゃんがあれこれ決めつけても、母さんは平気だった。おじいちゃんが、母さんのことをどんな風に思おうが、何を云おうが、それは自分自身とは一切関係がないって、自分はそれとは関係なくあるんだって、自信を持って思えたから」

だったらなんで、悟は云いそうになるのをこらえた。なんで似たような男と、結婚したんだよ。

「……だから、魂翔けができれば、これからのことをちゃんと考えられると思って、ここへ来たのよ」

「ここに来た次の日、魂翔けできなかったって、母さん、おんば様に云ってなかった？」

悟は云った。

「……だからまだ、答えが出せないんだよ」

蝉の音が、はっきりと耳に響く。ずっと蝉は鳴いていたんだ、悟は思った。ずっと俺は胸が痛くて、不安で、心細くて、苦しかった。ただ気にしないようにして、それに慣れてしまっただけなんだ。忘れようとして、考えまいとしていた。考えなければ、なかったことにできると思っていた。


いつ頃から、そうなったのか覚えていない。悟が物心つく前からそうだったのか、それとも昔は違ったのか、それさえも思い出せない。楽しい思い出はあるはずなのに、覚えているのはなぜか、三人で行った遊園地で、レストランが混雑してなかなか席が取れず、苛立って母を怒鳴りつけた父親が怖かったことだったりする。

悟の父親は理不尽に怒り出す人だった。ささいなきっかけで、突然、不機嫌になる人だった。当たり散らされるのは母と悟で、小さいころはそれが怖くて、父親が家に帰って来ないとほっとした。長じてからは、父親が不機嫌な顔を見せるのは、自分より立場の弱い女性か子供だけだと気づいて、軽蔑するようになった。

父親が家に帰って来なくなったのは、悟が高校に入学した前後だったから、二年ほど前からになる。既に悟は、父親になんの期待もしていなかった。母が離婚を切り出さないのは生活費が不安だからだ、と思いこんでいたし、高校を卒業したら自分は家を出る、だからそれまで生活費を入れてさえくれればいい、単純にそう決めつけていた。たまに父親が家に帰ってきていても、必要最小限しか口をきかず、当たり障りのないよう過ごすだけの知恵は、悟にもあった。

あの日、自分が家にいたら、父はあんなふるまいはしなかっただろうと、悟は今でも思っている。タイムサービスで値引きされた出来合いの総菜を、母が皿に移すのを見て、父親は、おまえは俺に売れ残り品を食わせるのかと、激怒したのだった。

悟が居間にかけこんだとき、フローリングの床には、総菜と皿の破片が飛び散っていた。まっさきに思ったのは、俺がいなかったからだ、だからこんなことになったんだ、理屈にあわなくても、それは直感だった。中学を卒業するころから、悟の身長は父親を抜かしていた。父親は、自分より力の弱い人間にしか当たり散らさない、小さいころから見てきて、悟はそれを確信していた。

あっけないほど簡単に、父親は床に倒れた。倒れたはずみに、居間にあったリビングボードにぶつかり、自分が割った皿の破片で額を切った。悟は息をはずませながら、足元に倒れた父親を見下ろした。あのとき母が叫ばなければ、そのまま勢いにまかせて、父親を踏みつけていたかもしれない。いや、間違いなく踏みつけていただろうと、悟は思う。

悟は、自分の部屋に入ってなさい。

母の叫び声で、悟は我に返った。いいから、後は母さんが片づけるから、悟は部屋に行きなさい。悟が反駁する隙を与えずに、母は悟を居間から追い出した。だから悟はその後、母がどうしたのか見ていない。翌朝、父親の姿は家になく、床は血の染みも残さず掃除され、割れた皿はゴミ箱に片づけられていた。

「悟はいつ、車を見つけたのよ。驚いたでしょ？」

「さっき。真を探してる時に」

母は洗い物を終えると、手ぬぐいで手をふいた。

「何も、崖から落とすつもりはなかったんだけどね。バックしたらハンドル切りそこねて、後輪が落ちちゃって」

「……俺は、真彦さんに、嘘が下手だって云われたけど」

悟は云った。

「母さんは、俺よりも嘘が下手だね。正直に話してくれない。俺は父さんみたいに、突然怒り出して暴れたりしないから」

そうねえ、母はつぶやいた。

「本当に、悟が、まともに育ってくれてよかったわ」

その言葉は、喜びではなくむしろ重荷だった。自分が何か失望させるようなことがあれば、ただでさえぎりぎりのところに立っている母は、すぐに壊れてしまうだろう。その思いは、小学生のころから悟にあった。

「……車を捨てるつもりはなかったんだよ、ほんとに。でも、後輪が落ちちゃって、足は痛いし、苛々してきて、なんでこんな目にあうんだろうって思ったら、……だいたいあの車、お父さんが、勝手に決めて買ってきた中古車だったしね」

「俺が、ばあちゃんちから一人で家に帰ってたら、どうしてたんだよ。そのまま帰ってこないつもりだった？」

ずっと云えずにいた問いを、悟はようやく口にした。

「……その方が、悟のためにはいいと思ったのよ」

母は云った。

「これから先、悟はここで暮らすわけにはいかないでしょ。あの家があって、お金があれば、母さんがいなくても大丈夫だと思った。むしろ、いないほうが悟には楽だと思った」

コンビニも近所にできたしね、冗談めかして母はつけくわえたが、悟は笑う気にはなれなかった。

「俺が捜索願いを出してたら、きっとすぐに見つかっちゃったよ。そういうことは考えなかったの？」

「庵に逃げてきた女がいても、村の人は絶対に外の人には云わないわ。真彦さんは例外よ。あの人はここを嫌ってるし、ここに住んでいないからね」

「そうじゃなくて。俺が心配するとかは、考えなかったんだ」

窓から見える外は明るいのに、土間は暗くひんやりとしている。蝉の音が絶えることなく、耳に響く。

「……母さんが一緒にいるよりも、いなくなる方が、悟の負担にならないんじゃないかって、思ってた」

悟は黙っていた。

母の言葉を、打ち消すのは簡単だ。母がいなくなったら、自分がどれほど打ちのめされるか、悟には想像もできなかった。けれど高校を卒業したら、家を出たいという思いは変わらず胸にあって、その後ろめたさが悟の口を重くしていた。

「お父さんは、騒ぎになれば、自分の実家には逆らえない人だから、お金だけは悟に渡すわよ。ちょっと早いけど、悟はもう一人で暮らせる年だし、……あと、そうだね、悟が進学するのに、その方がかえっていいんじゃないかと思った。よその人から云われれば、お父さんはいくらでも学費を出すよ、見栄張りな人だからね。でも母さんが云っても、かえって意固地になるだけで、逆効果だと思ったのよ」

楽しい思い出はあるはずなのに。あたたかい思いもあったはずなのに。

どうしても、それを思い出せない。

「……この年でも、捨て子にされるのは、かなりきついよ」

悟はつぶやいた。

今はもう、足元に倒れた父親を、踏みつけようとした衝動しか、思い出せない。

「ねえ、今云ったことって、本気で云ってる？　母さん、基本的なことで、俺に嘘をついてない？」

胸が痛む。心臓が早鐘を打つ。下に何もないと知っていて、崖から飛び降りる気分だ。

「――。どういう――」

「あの車のトランクに何を入れたんだよ」

悟は叫んだ。

「父さんは、どこに行っちゃったんだ。俺が父さんを殴り倒した後、父さんをどうしたの？　車のトランクに詰めたんじゃないのか。母さんが夜中に何度もガレージに行ってたの、俺は知ってるんだよ。母さん、いったい何を入れてたんだよ」

第六章

「母さん、いったい何を入れてたんだよ」

叫び声が、耳の奥でまだ響いていた。云ってしまった後で、悟は天井を仰いだ。梁も天板も墨で塗ったように黒く、木目も見えない。竈の煙で燻されて、もとは木肌が見えたものが、長い年月のうちに、こんなにも黒くなってしまった。

蟬の音が響く。響くのに、土間は静まりかえっている。

ややあって、母は爆発したように、笑い出した。

「やだ、悟。何云ってるのよ。本気なの？　もしかして、ずっとそう思ってたの？　ちょっと待って、いくらなんでもそんなこと、あるはずないでしょう」

母の笑い声が、俺に響く。

「しっかりして、お父さんは死んではいないわよ。悟はお父さんを死なせていないし、母さんもお父さんを殺したりしていない。だいたいお父さんの体重が何キロあると思ってるの。母さん一人じゃ運べないわよ、ばらばらにでもしなくちゃ。魚さばくのだって大変なのに、うちの切れの悪い包丁じゃ、お父さんを解体なんてできないわよ」

「……死んでないの?」

悟はやっとのことで聞き返した。凍りついた体のあちこちが、少しずつ溶けていく気がした。

「死んでないわよ、もう。勝手に私を、人殺しにしないで」

笑いながら、母は云った。

「だいたい、この暑い盛りに、死体があったら絶対臭うわよ。悟、そういうこと、考えなかったの?」

「じゃあ、なんで母さん、あんな、何もかも終わりだ、みたいな顔してたんだよ、この一週間。何聞いてもまともに返事しないし、黙ってぼろぼろ泣いてるし、車のカギずっと握りしめて離そうとしないし。絶対なにか、とんでもないことしたんじゃないかって、普通は思うって」

「……何もかも終わったと思ったのよ、だから」

泣き笑いで、母は答えた。

「お父さんはあれからすぐ目を覚ましてね、こんな家にはもう二度と来ん、俺をなんだと思ってるんだって、怒鳴り散らして出ていったわ。でも、母さんは、謝らなかった。云い返したら殴られるから、最後まで一言も口をきかなかった。本当にこれが最後だぞ、なにか云いたいことがあるなら、今のうちだぞって、何度も云ってたけど、……後になって、ちょっと笑っちゃった。お父さんは、私に謝ってほしいんだって、丸わかりだったから」

「どうせ、しばらくしたら何事もなかったような顔して、帰ってくるんじゃない？　あれはそういう人間だよ」

悟は云った。じゃあ結局、今までと何も変わらない。俺が父さんを殴っても、似たような毎日が変わらず続くんだ。

「そうでもないみたいよ」

母が云った。

「次の日、速達で離婚届が送られてきたから。速達ってところが、感動しちゃうよね」

「……じゃあ、なんで」

悟は身を乗り出した。

「なんで母さん、それにハンコ押して届けないんだ。そしたらもう自由なんだよ。迷うことなんて、何にもないだろ」

「……悟は、本当にそう思う？」

母は静かに聞き返した。

「紙切れ一枚で、お父さんと縁が切れちゃうのよ。今までの十八年間が、なかったことになっちゃうの。あの家はお父さんの名義だから、どこに住むかってところから始まって、生命保険だって、母さん、お父さんの保険の配偶者扱いでしか入ってないし、悟はもう十七だから養育費をもらえるとしても一年くらいか、でもそうしたら悟はどっちに親権があった方がいい？　進学するにもお金がかかるのよ。離婚しないでいたら、お父さんのお金が使えるのに、紙切れ一枚で出来なくなるって悔しくない？　あの人、慰藉料なんて簡単に払わないよ。さもしいけど、あさましいけど、母さんはそういうこと、考えた。なんでって、なんでこんなふうになっちゃったんだって、どうすればよかったんだろうって、今だって考えてる。今までこんなに我慢して、いろんなこと耐えてきて、最後はこれしかないのかと思うと、これからさき独りなんだと思うと、なにもかもが無意味に思えて辛かった」

悟は答えられなかった。

「母さんの楽なようにすれば、って、悟は云ったわよね。楽な方を選んだら、母さん、離婚届は出さないわよ。ずるずる、お父さんのお金で生活して、これでいいんだ、これで幸せで満足だって、思っちゃうわよ。もうずっと前から、母さんは何かを望むことをやめてる。お父さんに変わってほしいなんて、いまさら無駄なことはもう望めない。幸せになりたいとか、幸福な毎日だとか、そういうことが何一つ、現実的に考えられない。ただこのまま投げやりに、今、手に入っているもので満足して、それで何が悪いんだって思ってしまう、そうとしか思えないもの」

「……だから俺のはふりになって、おんば様みたいに暮らそうと思ったわけ？」

母はうなずいた。

「こんな覚悟じゃ、おんば様には叱られるだろうけどね。おんば様は昔、とてもむごい目にあって、それで、はふりになる道を選んだって、おばあちゃんから聞いているから。おんば様の辛さを思えば、私の悩みなんて贅沢だろうね」

「自分よりしんどい人がいるからって、それで自分が辛くなくなるわけじゃないよ」

悟は云った。それは単純なごまかしだ。そうやって自分をごまかしていると、耐えることばかりうまくなって、それ以外の方法を考えられなくなってしまう。自分の思っていることを人に伝えるとか、嫌なことは拒否するとか。自己主張の仕方だって、何度も経験を積まないと、うまくならないんだから。

「……母さんはさ、父さんのこと、今でもちょっとは好きなわけ？」

「わかんないよ、もう。憎んでるのか、そうじゃないかも」

母は目を伏せた。

「ふりまわされるのはもうごめんだって、思ってるよ。でも、母さんにだって悪いところはあったんだろうし、お父さんと縁を切っちゃえばすっきりするかって聞かれたら、……そう思えるなら、とっくに離婚してるよ」

「確かに、そういう意味じゃ、父さんと母さんて、相性はいいんだろうね」

悟は思わず嘆息した。

「いいわけないいじゃない。よかったら、なんでこんなことになってるのよ」

「そうじゃなくてさ、――何かもめたら、人のせいにする男と、自分が悪かったたって思う女なら、需要と供給のバランスはとれてるもん」

「…………」

「そんなに自分を責めるの、もう止めたら？　父さんって、他人にはああしろこうしろ駄目だ馬鹿だって云う割に、自分がやってることは最低じゃん。ああいう奴に云われること、まともに受けてたら、こっちの神経参っちゃうよ」

沈黙の後、母はつぶやいた。

「……悟は、母さんとお父さんは、離婚した方がいいと思う？」

「なんで離婚しないのかなとは思ってたよ。でも、離婚するのとしないのと、どっちがいいかなんて、俺に判るわけないいじゃん。……母さんが云ったようなことは、俺だって考えたよ。奨学金制度だってネットで調べたし……。母さんは、俺が就職するまで待ってるのかなって、思ってた。……でも、母さんは、別れたいかどうか、自分でも判らないんだね」

まだ愛情の切れ端が残ってる。十八年の重みがのしかかってる。――お金よりも、ずっと重く。

「夜中に、何度もガレージに行って、母さんが何をしてたと思う？」

ややあって、母はつぶやいた。

「車のトランクにね、お父さんのものを入れたの。家に置いていった古いゴルフクラブや、洋服や、とにかく母さんの部屋にあって、目につきそうなものは全部ね。お父さんが帰ってきてばれたら、絶対激怒して、修羅場だろうね。――昨日、悟が真ちゃんたちと祠に行った後、真彦さんも一回うちに帰ったから、その時に俺を抜け出して、あそこに車を停めて、それを一つ一つ崖下に叩き落としたの。全部落としちゃっても、まだ物足りなくて、苛ついた勢いで、もういいや、これも落としちゃえって、……何考えてたんだろうね、いったい。真彦さんが、帰れ出てけってうるさいから、あれ捨てちゃえば、帰りたくても帰れないからって、思ったのかもしれない」

横転した軽自動車が、目に浮かんだ。何が下敷きになっていたか知らないが、取り返すのはもう不可能だろう。

「父さんは、死んではいないんだよね？」

悟はくりかえした。

「死んでないわよ。なんなら新しい携帯電話の番号教えようか？」

いや、いいよ。かけても話すことないから。悟は答えた。

「だったら、別にいいよ。俺はどうだって。父さんを殺してないんなら、取り返しのつかないことなんて、そんなにないだろ。それ考えたら、なんだって平気だよ。進学できなくても人生終わるわけじゃないし、生活保護だって受けられるんだし」

「悔しくない？　なんでお父さんのせいで、悟がハンデを背負わなくちゃならないのかって、思わない？」

「俺は別に、競争に勝たなきゃ駄目だとは思わないからね」

父親はそういう人だった。悟はそう思っていた。だから外の世界で負け続けると、自分が勝てる場所で傍若無人にふるまうことを選んだ。母と小さな悟が相手なら、父親は間違いなく勝者でいられたから。

「離婚するんなら、母さん、一人は寂しいから、悟の親権は手放さないからね。悟、お嫁さんもらうのに苦労するよ」

「……なんで、そこまで飛躍するんだ。いいよ、別に」

「離婚しても、しなくても、母さんと一緒じゃ、悟、幸せになれないかもしれないよ」

「母さんの云う幸せって、だからなんなんだよ、いったい」

母が答える前に、悟は云った。

「ねえ、幸せじゃなくちゃいけないなんて、俺はすっげえ傲慢だと思うよ」

勝てなくて悔しくても、幸せじゃなくて悲しくても。

それさえ忘れなければ、きっと大丈夫。蟬の音を聞きながら、悟は思った。

おんば様より先に、茅は庵に帰ってきた。

「園子さは？」

「実家に行ってる。真彦さんが寺外戸に話をしに行く前に、自分からちゃんと話した方がいいからって」

ふうん、茅はつぶやくと、お昼用意するで、ちょっと待っとって、そう云って勝手場に立った。悟は上がり框に腰かけて、それを見ていた。

しばらくして、茅は笑い出した。

「ねえ、見てられると落ちつかんで、座敷の方におってくれん？」

「一人だと、手持無沙汰なんだよ」

悟は答えた。ただ茅を見ていたいとは云えなかった。のびやかに笑う茅は、昨日の朝とは別人のようだった。

「園子さは、おうちに帰ることにしたん？」

畑から取ってきたばかりの胡瓜を、タイル張りの流しで洗いながら、茅は云った。

「たぶんね」

悟の答えに、茅は小さくうなずいた。それから悟を見て、

「よかったな」

悟が一瞬言葉を失った後に、包丁の音が土間に響いた。

「よかった……かどうか、まだ判んないけど」

「よかっただよ。悟さ、ほっとした顔しとるもん」

茅は云った。悟はちょっと驚いた。

「そう?」

「うん。最初な、ちょっと怖かったん。ぴりぴりしてて。だから、顔を合わせんように逃げてたん」

「……ああ、うん。門の前の、石段のところでね、茅が隠れてるの、俺、見てた」

「やっぱ、狸寝入りだったん?」

笑いながら、茅は云った。それから、

「でもきっと、真ちゃんはさみしがるな。悟さが帰ったら」

「いや、邪魔ものがいなくなったって、大喜びするだけだと思うけど?」

悟が云うと、そんなことないに、茅は笑った。

「口ではそんなな風に云うかも知れんけどね。真ちゃんは悟さがいて、すごく楽しかったと思うよ。自分では絶対、認めないと思うだけど」

なんとなく照れてしまって、悟は言葉に詰まった。茅は云った。

「ありがと」

「え、なにが?」

「真ちゃんと仲良くしてくれて。茅もな、嬉しかったん」

それは真のために嬉しかったのか、それとも仲良くしてくれて嬉しかったのは茅もなのか、悟は考えたが、どうも後者ではなさそうだった。

「……あのさ」

俺が帰ったら、茅はさみしい?

どうしてもそうは口に出せず、悟は別の云い方をした。

「ええっと、……俺と母さんが帰ったら、庵に来るのは真一人なの?」

「村ん人もたまに来るよ」

「……さみしくない?」

包丁の音が、止まった。

「ひどいこと云うな」

明るい声だった。だから余計に、悟は自分がひどいことを云ったのだと悟った。

「さみしくないよ。慣れとるし、おんば様がおるでね」

そう云った後で、茅はつけくわえた。

「でも、しばらくおった人がいなくなると、やっぱ、その後はさみしいな」

「……俺、ときどき遊びに来てもいい? 母さんなしでも」

「みんな、そう云うん。でも、みんな、忙しいから来れなくなるだよ」

小口切りにした胡瓜に、茅は塩をふった。

「みんな?」

「うん、みんな。ここへ来た人みんな」

思いがけない言葉に、悟は狼狽した。そうだ、庵にはいろんな人が来ると聞いていた。

でもなんとなく、真以外で、茅と親しくなったのは、自分が初めてのように思いこんでいたのだ。

「ここは鈴鳴らしの場所だで仕方ないだけどね。それに男の人は、あんまり来ちゃいかんだよ。悟さくらいの年になると」

「うん……。それは確かにそうなんだろうけど……」

ここは、女子供のための隠れ家なのだ。それは理解できたが、

「……でも茅は、一生ここにいるつもり？」

「それもな、みんな云うん」

茅の声は本当に明るくて、それがかえって痛々しく耳に響いた。

「これから先、おんば様がおらんくなったら、茅はどうするって。いつか、ひとりになる時が来るでって、——まるで茅が、そんなこと全然考えてないみたいに」

「…………」

「あんな、茅の話し方、変だら？　御千木の話し方と違うな？　これ、茅のお母さの話し方なん、忘れないように、わざとそうしとるん。でも、もうずっと会ってないで、違う話し方になってるかも知れんけど」

多分なっていると思ったけれど、悟は黙っていた。

「茅のお母さはねえ、茅のこと育てられんで、ここに預けに来ただよ。ご飯作ったり、お掃除したり、そういうことが全然できん人だったん。だから庵に連れてこられるまでは、茅はお腹すいたり、痛かったり、怖いことばっかだった」

歌うように、なめらかに、茅は云った。

「だからな、茅はおんば様と同じで、帰る家がないだよ。茅のお母さは御千木の遠縁で、自分が小さい頃、お母さのお母さに連れられて庵に来たことがあって、それを覚えてて、茅を連れて、外から逃げてきたん。でも茅を置いて出ていっちゃったで、今どこにおるか、前はどこにおっただかも、全然判らんの。だもんでおんば様は時々云う。真彦さの云うとおり、外の施設に茅を預けた方が、茅のためにはよかっただかも、って。そしたら茅は学校へ通えて、外の世界で育って、世の中で生きてく方策を学べたに、って。でも茅は、おんば様と離れて、全然知らん場所に一人で行くのは嫌だったん。おんば様に嫌だって泣いて、……おんば様は茅を外に出したくないって、知っとったし」

茅は塩をふった胡瓜を軽くもんで、水を絞った。昼餉の胡瓜は塩もみらしい。

「そうやって外に出るのを先のばしにして、いつの間にか、こんなな年になっちゃっただけど、だから自分がずっとここにはおれんことも、茅はちゃんと知っとるん。茅は御千木の生まれじゃないでね。御千木に茅の親類はもういないだから。庵にきた女子供が生きていけるのは、村全体で養ってくれているのもあるだけど、表だって出られん預り子や逃げ女の親戚や友だちが力を貸してくれてるからだって、知っとるで。茅には、そういう人はおらんからね。庵に来る人は、みんな自分のことで精一杯で、余裕がないで――、そのまんま、御千木から出ていく人も多いしな」

「……真がいるだろ」

悟はつぶやいた。

「真ちゃんは、大人になったら、きっと御千木を出ていくと思うから」

きっぱりと茅は云いきった。それから悟を見て、

「あんな、茅は何にも判らんわけじゃないだよ。よそんことを何にも知らんわけじゃないの。人見知りして用心するのは、茅が怖いのもあるだけど、そうやって隠れてないと、俺に来た人が茅に気兼ねして好きなように出来んくなるから」

「…………」

「でもな、それを見て、茅を何も判らん小さな子みたいに思う人も多いだよ。——悟さも、そう思っとらん？」

悟は絶句した。

「茅も悪いだけどね。真ちゃんの前とかだと、いい子にしてしまうで」

いたずらを見つかった子供のように、茅は肩をすくめた。

「なんかね、真ちゃんには怒れんだよ、昔から。だから昨日の朝みたいな悪ふざけされても怒れんし、駄々こねられても許してしまうん。もしあれが、他の全然知らん子だったら怒るのに」

「……俺がしたら怒る？」

目一杯さりげなく聞いたのに、にべもなく茅は即答した。

「うん、怒る」

「………」

痛烈な一撃だったが、かろうじて悟は耐えた。それからようやく気づいた。

「真ちゃん?……って呼んでない?　さっきから」

あ、しまった。茅は云った。

「真ちゃんって云うと、子供扱いしてるって、すごく怒るで、無理して真さんって呼ぶようにしとるだけど、本人がいないと油断して云ってしまうな。小さい頃から、真ちゃんって呼んでるで」

「………」

沈黙の後、悟はやっとのことで云った。

「……あのさ、これは、単純に俺が聞きたいんだけど」

なぜか声が大きくなった。

「茅は真のこと、どう思ってるの?　俺はいいけど、真は本当に、茅のことが好きなんだよ。あんなに真剣な相手の前で、素を見せないってひどくない?」

「す?」

「ええと、本当の自分というか。いや、ちょっと違うな……」

「真ちゃんは大事だよ。でもだから、かわいそうでね。真ちゃんの夢というか、幻想を壊しちゃうのが」

茅は首をかしげた。

「なあ、たとえば茅が人見知りしても、時間がたてば人と一緒にいても平気だとか、真ちゃんがいなくても男の人と話せるだとか、茅の目にはやっぱり真ちゃんは、初めて会った頃のよちよち歩きのちいちゃな子のまんまだとか、そんなこと云ったら、真ちゃんはがっかりするら」

「祠の崖から身投げしかねないね……」

悟はぼやいた。それから、

「真彦さんはさ、真が茅に執着するのは、茅が外の世界のことをなんにも知らないからだって、云ってたんだ。でも茅は、知ってるんだね」

卓上コンロで、薬缶が音を立てた。

「真がどうして庵に来るか、祠で遊ぶのに夢中になるのか、茅は知ってるんだね」

「だから、悟さの云う、すが、見せられんだよ」

茅は云った。

「真ちゃんのこと、ほんとは心配してるって、そんなこと真ちゃんに見せるわけにはいかんもん。茅は、そんなひどいことを真ちゃんにしたくない。よそから来た人もおんなじ。なんも外のことは知らんて顔しとれば、お互いに痛い思いせんでええもの」

――俺は今まで、茅の、どこを見てたのかな。悟は思った。

外の世界をなんにも知らない、小さな子供みたいだと思った茅より、真を真ちゃんと呼ぶ茅の方がいい。真の云いなりになる茅より、真の夢を壊さないようにしている茅の方が好きだ。

「俺も、そう思ったよ」

悟は云った。茅はびっくりした顔で、悟を見た。

「悟さ?」

「俺も、そう思ったんだ。……真彦さんから、真が俺に入りびたるのは、学校でうまくいってないからだって聞かされて。真に、本当はどうなのか探り入れようかって、ちょっと思った。でもそんなことしても、真は嫌がるだけだと思ったんだ。俺が知っている真は、気が強くて、我がままで、傍若無人で、自分が一番って顔してる真だよ。それでいいいって思った。俺は真に、何かできるわけじゃないから……」

「真ちゃんのことが、心配?」

ちょっとね、悟はうなずいた。

「真彦さんみたいに、真が駄目になるって思ってるわけじゃないんだよ。まわりとうまくいかないのって、誰だって辛いだろ。だから――」

茅は手を洗って、悟の前に来てしゃがみこんだ。まっすぐに悟の目をのぞきこみながら、茅は云った。

「――な? 黙って、信じて、祈るだけって、けっこう辛いら。でも悟さは、真ちゃんのこと信じてあげて。きっとそれ、届くから」

「――うん」

「あとな」

茅は云い、こぼれるような笑みを浮かべた。

「あとな、茅にも云って。茅のことも信じてて。これから先、おんば様がおらんくなっても、茅がここから出なならんくなっても、茅は大丈夫だって。外に出ても茅がひとりでも、なんとかなるって」

——どっちかって云うと、それは、俺が茅に云ってほしい台詞なんだけどな。

悟はちょっと笑った。笑いながら、自分を情けなく思った。俺がもっと大人だったら、言葉よりも確かな何かを、茅に約束できるはずなのに。今の俺は、図体が大きいだけの、祠に行けてしまうくらいに非力な子供でしかない。

「……俺が、茅を、助けられたらいいんだけど」

できるかどうか判らないことを口走りそうになって、悟は思いとどまった。いいかげんな口約束や、その場かぎりの気休めなら、口にしない方がいい。これから先自分がどうなるかも見えないのに、今できないことを、茅に約束するわけにはいかない。

「悟さは、園子さと自分を助けんとおえんよ。そっちの方が先」

力強くかぶりをふって、茅は云った。それから、

「それにね、茅が欲しいんは、助けてあげるって言葉じゃないん。茅は大丈夫だって云って欲しいん。ちゃんと茅はできるって。自分の面倒みられるって。——ここにおるとねえ、お金を使ったこともないのに、それが大事だってことだけは何度も聞かされるん。

自分を養えんはつらいって、庵に来る女の人はみんな云うよ。養われていると思うと、いろんなことあきらめるって。ひどいこと云われても、痛い目にあっても、いやなことがいっぱいあっても、ひとりで生きていけるかどうか怖くて、どうしても我慢しちゃうって」

「……いや、あのさあ」

悟は云った。

「これだけは知っておいて欲しいんだけど、世の中にはそーいう奴ばっかじゃなくて、ちゃんとまともで、やさしくて、女の人を大事にする男は、いっぱいいると思うよ。……そーいう男は頼りにしていいと思うんだけど」

茅は笑いながら、立ち上がった。

「悟さは？　そうなん？」

「ええっと……」

悟が云いよどんでいるうちに、茅は勝手場に戻ってしまった。昼餉の支度を続ける茅に、上がり框に腰かけたまま、悟は呼びかけた。

「茅」

「ん？」

「茅は大丈夫だよ。ここにいても、ここから出ても」

だから茅は、俺が、茅が困った時に、茅を助けられる大人になるって、信じてて。

言葉には出さずに悟は願った。黙って、信じて、祈るだけしかなくても、それに力が宿ることもふくめて。


「帰るだか」

おんば様は、母の顔を見るなり、そう聞いた。

「はい。帰ろうと……思います」

母は答えた。そうかね、おんば様はうなずくと、

「またいつでもええで、気がむいたら、遊びにきんないね」

そう云って笑った。

母が庵に帰ってきたのは、夕方近くになってからだった。あれだけ脅した割には、真彦は結局、寺外戸には何も云っていなかったらしい。伯父さんたちは夫婦で出かけてたから、帰って来るまでおばあちゃんとずっと話してた、と母は悟に語った。

「とっくに自分の家に帰ったと思った娘が、いきなり玄関先に現れて離婚するかもしれない、って切り出したら、それはおばあちゃんだって驚くよね」

妙に明るい口調で、母は語った。

「昔、おばあちゃんにお父さんの相談したら、おまえの辛抱が足りんて頭ごなしに云われたから、今度もそう云われるんじゃないかと思ってたんだけど、おばあちゃん、園子が納得してるなら、離縁してもええらって。まあ園子もまだ若いだし、悟はもう大きく

なっただしってね。あれって、励ましているつもりなのかなあ、親戚の誰々の娘だとか、御千木のどこそこの何番目だとかが、別れただの、別居してるって話を延々と聞かされたわ。伯父さんたちも、体面とか気にする人だから、絶対なんか云われるって覚悟してたんだけど、なんだかねえ、年くって近ごろは会社や医者に通うのもつらいで、畑も今じゃよそん人の道楽に貸してるくらいだで、なんなら俺たちは街中に家借りるで、園子が代わりにここに住んでもいいいぞって」

「…………」

「絶対、反対されると思ってたから、こんなに後押しされると、拍子抜けするね」

「……いいんじゃない？　それはそれで」

「どっちにしろ、一度は家に帰らないとまずいよね。伯父さんには、ハンドル切り損ねて、車、崖から落としちゃった、って云っておいたから。もう今日は遅いから無理だけど、明日、伯父さんが駅の方に行く用事があるから、その時に二人とも一緒に乗せて行くって」

「そっか」

じゃあ真が帰ってくるまで待てないな、悟は思った。

「やっぱり車、崖から落としたのは、失敗だったね。すっきりはしたんだけど」

「頼むから、帰って家に火をつけて、すっきりしようとか思わないでよ」

念のため、悟は云っておいた。

月は、昨夜より少し欠けている。でも満月を見てないと判らない程度だ。風呂上がりに、悟は夜空を見上げた。真と茅と三人で、祠で遊んだのが昨日だなんて、信じられない気がした。もう祠に行くことはないかもしれない。ふと思い、よく考えたら、行けたら困るんだ、と気づいた。茅の言葉を借りるなら、祠には、女子供しか入れんことになっとる、はずだから。

それはちょっと、せつなかった。

縁側では、母と茅とおんば様が浴衣姿で月を見ていた。母が何か云い、茅とおんば様が笑い転げる。月光の下、それは幸福な絵のようで、悟は庭の隅からその光景を眺めていた。なんだか、自分が立ち入ってはいけないような気がした。

「何そんなとこ、突っ立ってんだよ」

だしぬけに声がして、悟は飛びのいた。真が、すぐそばに立っていた。

「おまえさ――」

悟は思わず、その場にへたりこんでしまった。

「結局、また家抜け出して来たのか。なんのために、帰ったんだよ……」

あきれはててつぶやくと、違うよ、真はつまらなそうに云った。

「悟、明日、帰るんだって？　親父が教えてくれた。夕方、寺外戸のおじさんがうちに来て、園子は明日、家に帰るって云ったたって」

「……ああ、うん」

「おまえ、うちの親父に何云ったの」

ふてくされた口調で、真は云った。

「なんかすっげえ、親父が感動してるんだけど。明日帰っちゃうから、挨拶しておくなら今日のうちだぞって。人がせっかく帰って来たってのに、日が沈んでから云うなよな」

「あー、悪い」

「いや、悟に謝られても困るけど」

で、いったい何云ったんだよ。真はくりかえした。

「えーっと。……あ。茅が呼んでる」

悟は云い、縁側の方へ歩きだした。

「おいっ、こら待てっ。無視すんな、吐けっ」

こんな、ささやかなことでも、悟は思った。

俺はけっこう感激していたりする。自分の云った言葉が、誰かに通じたことに。

「なあ、今から祠に行かないか。俺はこの先、祠に行けなくなる可能性高いから」

「そっかあ？　俺はすごく低いと思うよ」

真が云い返す。おまえね、悟は云い、逃げようとした真の服をつかんで捕まえた。脇に頭を抱えて、ぐりぐりと拳を押しつける。

「いってえ、離せって」

「……なあ、そっちは大丈夫なの？」

絶対に、真にしか聞こえない声で聞いた。首を抱えられたまま、真は悟を見た。

「ん、まあね」

それから、

「そっちは？　悟と園子は、帰って大丈夫なの？」

「大丈夫だと、思うよ」

悟は答えた。言葉はちょっとしか役に立たないけれど、ないよりもいい。天に星は満ち、少し欠けた月は輝いている。願いが天に届かなくても、望みの全てが叶わなくても、きっとやっていける。やっていけると、悟は信じた。

「あと何年かしたら、悟の身長、絶対追い抜かしてやるからなあっ」

遠く、彼方まで透きとおった空の下、月明かりに照らされた庭に、真の声が響いた。

第三回「新潮エンターテインメント大賞」（新潮社・フジテレビ共催）の選考は、宮部みゆき選考委員により二〇〇七年九月二十一日に新潮社にて検討され、全応募作六五五篇のうち本作が受賞いたしました。

装画　久村香織
装幀　新潮社装幀室

月《つき》のころはさらなり

二〇〇八年 一 月三〇日 発 行

著 者／井《い》口《ぐち》ひろみ
発行者／佐藤隆信
発行所／株式会社新潮社
東京都新宿区矢来町七一
郵便番号一六二－八七一一
電話 編集部(〇三)三二六六－五四一一
読者係(〇三)三二六六－五一一一
http://www.shinchosha.co.jp
印刷所／二光印刷株式会社
製本所／株式会社大進堂
乱丁・落丁本は、ご面倒ですが小社読者係宛お送り下さい。送料小社負担にてお取替えいたします。

ISBN978-4-10-306361-2 C0093
価格はカバーに表示してあります。

秋の大三角　吉野万理子

雨のち晴れ、ところにより虹　吉野万理子

100万分の1の恋人　榊邦彦

花宵道中　宮木あや子

厭犬伝（えんけんでん）　弘也英明

ブラック・ジャック・キッド　久保寺健彦

根岸線に現れる痴漢「キス魔」は憧れの先輩の彼氏だった！　怪しい男の正体は――。選考委員・石田衣良さんが選んだ第一回《新潮エンターテインメント新人賞》受賞作。

いつかは壊れるものなら、最初からいらないと思っていた。同じ想いにならないなら、この人を好きになることはないと思っていた。湘南を舞台に描く六つの奇跡。

「私は、0・0001%の運命を背負って、生きているの」――彼女の或る告白から始まる、極純のラブストーリー。〈新潮エンターテインメント新人賞受賞〉

恋しい人を胸に思い、他の男に抱かれるのが遊女――江戸末期の吉原で、叶わぬ恋に身を焦がす女たちを描く純愛官能絵巻。〈第5回R-18文学賞大賞&読者賞受賞〉

あの娘に勝たなければ、俺は前に進むことが出来ない――美少年と美少女、そしてその分身たちの決闘に次ぐ決闘を見よ！〈日本ファンタジーノベル大賞大賞受賞〉

天才外科医になりたいおれは、眼鏡を外すと超綺麗な泉さんの弟を捜し、見知らぬ街に足を踏み入れた――青春小説の傑作！〈日本ファンタジーノベル大賞優秀賞受賞〉